오, 사랑

조 우 리

장 편 소 설

사계절

 오사랑

(#18세)   (#고등학생)

(#뷰티유튜버)

(#왼쪽옆모습)   (#아이돌음악)

(#외동딸)   (#단거좋아)

(#엄마가_요새_이상해)

이솔

#19세   #고등학생

#타투이스트

#숏컷   #Indierock

#리넨티셔츠

#운동장_계단

제1부

#오픈 채팅방

이곳에 오는 게 아니었다. 지루하다. 졸린 것도 같다. 그냥 집에서 밀린 드라마나 볼걸.

탁자 앞에 놓인 아이스 아메리카노는 다 마신 지 오래고 얼음만 와작와작 씹고 앉아 있다. 얼음도 고작 두 개 남았다.

아이들은 참, 말이 많다. 모두들 골고루 적당히 말하는 게 아니라 장마철 개구리 떼처럼 와글와글 개굴개굴했다. 내 앞에 앉은 여자애는 양옆에 앉은 애들을 번갈아 보며 이쪽저쪽 대화에 참여하기 위해 정말 열심이다. 내 옆에 앉은 아이도 내 팔을 툭툭 치며 무슨 말을 하는데 워낙 실내가 시끄러워 잘 안 들린다. 뭐라고? 뭐라고? 몇 번 했더니 더 이상 내게 말을 걸지 않았다. 음악 소리가 너무 컸다. 머리가 아파 온다. 얼음 두 개를 마저 다 먹으면 일어서야지.

하긴 오픈 채팅방에서도 말이 많은 애들이었다. 오후 다섯 시 무렵이 되면 수업 끝을 외치며 그때부터 새벽까지 대화가 이어진다. 학원 수업 중에도 책상 아래에 휴대폰을 두고 필사적으로 메시지를 보낸다. 하긴 나도 처음 오픈 채팅방을 시작했을 때는 한동안 미쳐 있었다. 밤늦도록 휴대폰을 하다가 아침에 일어나지 못해 허우적대다 침대에서 바닥으로 떨어져 뼈가 부러질 뻔한 적도 있다.

첫 오픈 채팅방은 BJ 존슨이 운영하는 방이었다. 그는 유튜브에서 멍 때리기 콘텐츠로 구독자 만 명을 보유하고 있다. 방이나 옥상, 산, 버스, 화장실 등 장소만 바꿔 가며 그냥 가만히 있는 걸 라이브로 보여 줬다. 예닐곱 시간 동안 가만히 있었다. 이렇게 아무것도 안 하면서 광고 수익으로 돈을 벌 수 있다니. 궁극의 수입원이다. 존슨 이후로 이를 따라 한 멍 때리기 전문 라이브 방송들은 거의 다 망했기 때문에 존슨의 매력이 뭔지 궁금했다. 하지만 오픈 채팅방에서 존슨 씨는 그다지 매력적이지 않았다. 평범했고 아니, 평범 이하로 말을 못했다. 얼굴은 원래 평범했고. 존슨 씨가 성공한 건 그걸 처음 시도했기 때문이다. 인생은 타이밍이라는데 궁극의 타이밍이었던 거지.

그래도 첫 오픈 채팅방이라서 열심히 말하고 열심히 읽고 또 참여했다. 오늘의 양말 인증 이런 걸 하면 다들 양말을 찍어 올렸고 점심 메뉴 인증하자 하면 각자 먹은 음식 사진을 찍어 올렸다. 제일 무의미했던 건 흰 종이에 동그라미 그려서 인증하기. 무심코 그린 동그라미로 자존감의 크기를 확인할 수 있다나? 뭐 그런 개뻘소리를 진지하게 하는데도 열심히 호응해 줬다. 별다른 이유는 없었고 그냥 심심해서 그랬다. 그러다 오프라인 모임에 나갔는데, 세상 모든 개복치 타입의 인간들과 존재감 없는 이들의 친목회 같은 분위기에 식겁했다. 대부분이 남자고 간간이 여자도 섞여 있었는데 다들 조용하고 말이 없었다. 사람들은 오프라인 모임에 십 대가 참석한 것은 처음이라며 내게 지대한 관심을 보였다. 좋아하는 반찬부터 내신 등급에 이르기까지 태어나 가장 많은 질문을 받았다. 한 삼수생이 학종 관리에 대한 충고를 하고, 모태 솔로처럼 보이는 사람이 밀당의 기술을 전수해 줬다. 집으로 돌아오는 길엔 자괴감이 몰려왔다.

그 뒤로도 오픈 채팅방에 들어가 이런저런 주제로 대화도 하고 구경도 했지만 오프라인 모임을 나가진 않았다. 채팅방에선 재밌고 센스 넘치는 사람인데 막상 보면 평범하고 지루했다. 온라인은 온라인에서 끝내는 게 맞는 것 같다.

그럼에도 불구하고 내가 지금 여기에 와 있다. 이 오픈 채팅방의 이름은 '학교 밖에서 꿈꾸기'다. 해시태그로 내가 사는 지역명이 걸려 있어, 채팅방 사람들은 대부분 우리 동네 중고생들이었다. 채팅방 작명 센스는 시시하지만 유튜브 방송을 준비하고 실제로 하는 애들도 몇 명 있다는 걸 알아서 나름 괜찮았다. 나는 그 애들을 만나고 싶어 이 모임에 나왔다. 그런데 너무 시끄러워 대화를 할 수가 없었다. 아무나 붙잡고 유튜브 하냐고 물어보면 왜냐고 할 테고, 나도 하고 싶은데 물어볼 게 있다고 하면 네가? 괄호 속에 그 얼굴로?를 매단 표정으로 바라보면 어쩌지. 어차피 유튜브 영상은 불특정 다수의 사람들에게 내 얼굴을 보여 줘야 하는 일이긴 하다. 하지만 나는 그들이 나를 바라보는 표정은 못 보니까 다르다. 좀 많이 다르다.

이 중 누가 유튜브를 하고 있을까. 대화명이라도 메모를 해 둘걸. 내 머리를 너무 믿었다. 오늘은 스무 명 정도가 나왔다. 누가 누군지 매치가 불가능했다. 왼쪽 애가 슬리피헤드였나 오른쪽 애가 킨더룰러였나, 그 반대였나. 단 두 명도 이렇게 헷갈리는데.

얼음이 한 개 남았다. 아무런 수확이 없구나. 그래도 집 근처고 커피값만 쓴 거니까 큰 손해는 없다. 한숨을 푹 쉬며 가방을 정리하는데 입구 쪽이 조금 소란스러웠다. 이제 막 온 아이가 있어 의자를 밀고 자리 하나를 더 만들어 주려는 모양이었다. 내 자리에 앉으면 된다고 말해 주려고 일어서는데 그 아이가 눈에 들어왔다. 남자인가? 여자인가? 비쩍 마르고 짧은 머리에 알이 작은 얇은 검은 테 안경을 썼다. 요새는 알이 큰 안경이 대세인데 할머니가 쓰던 돋보기 같은 걸 쓰고 있었다. 빛바랜 리넨 바지에 목이 늘어난 티셔츠까지. 정말 머리부터 발끝까지 단호하게 외모에 신경을 하나도 안 쓴 것 같았다.

그 애는 내가 앉은 탁자에 자리를 잡았다. 낯이 익었다. 카메라 줌인을 하듯 찬찬히 그 아이를 바라봤다. 엄마가 사람을 뚫어지게 보지 말라고 했는데 버릇을 고치기 힘들다. 그 애는 내 시선을 피하지 않고 가벼운 미소를 띤 채 나를 응시했다.

"우리 어디서 봤던가?"

눈이 마주치자 얼결에 질문이 흘러나왔다.

"같은 학교잖아."

아, 그제야 겹치는 장면. 급식실에 갈 때마다 지나치는, 옆 반의 맨 뒷자리에 앉아 있던 애다. 교복 입은 건 한 번도 못 봤고 늘 체육복을 입고 있었다.

같은 학교란 걸 알자 흥미가 단박에 떨어져 버렸다. 이제 학교에서 마주치면 인사를 해야 하나. 귀찮은데.

나는 온라인 만남을 좋아한다. 학교에서는 딱히 친하게 지내는 애도 없다. 내가 보여 주고 싶은 모습만 딱 보여 주고 싶은데 학교에서는 그게 안 된다. 현실에서는 내가 아무리 포장한다 해도, 다른 걸 보여 주게 된다. 게다가 보는 사람에 따라 받아들이는 방식도 다르다.

#예쁜것좋아함

#외동딸
#중산층
#다리가곧고예쁨
#레드립어울림
#왼쪽옆모습

이 정도로만 날 인식해 주면 좋겠다. 그런데 현실은 예쁜 것 사려고 용돈 달라고 엄마와 싸우고 외동딸이라 이기적이라는 말 자주 듣고 우리 집 전세에 살고 다리는 짧은 데다 레드립은 톤 보정해야 봐 줄 만하고……. 이런 것들을 숨길 수가 없다. 원하지 않아도 TMI다.

게다가 현실에서의 만남은 끊기도 어렵다. 맨날 얼굴을 봐야 하거나 아는 사람들이 얽혀 있다. 온라인에서는 로그아웃하면 끝, 차단하면 끝, 계정 지우면 끝이다. 설사 온라인 인연들을 오프라인에서 몇 번 만난다 하더라도 훗날 동네에서 마주칠 일은 별로 없다. 마주쳐도 서로 연관된 게 없으니 쌩 까면 그만. 그런데 지금 우리 동네에 살고, 우리 학교에 다니고, 심지어 옆 반인 저 애와 이야기를 나누게 되었다.

'안전거리 미확보.'

머릿속 계기판에 이런 빨간 글씨가 들어왔다. 바로 일어서기는 뭐하니 조금만 앉아 있다 집으로 가야겠다.

그 애는 다른 아이들과 굳이 대화하려고 애쓰지 않고 의자에 비스듬히 기댄 채 컵에 묻은 물기로 문양 같은 것을 그리고 있었다. 움직임은 심상한데 묘하게 가볍고 섬세하다. 자세히 보니 아주 가는 흰 팔, 긴 목, 비가 오면 고일 것같이 움푹 패인 쇄골, 짧고 청결한 손톱, 짧은 커트 머리에 드러난 완벽한 대칭을 이루는 귀, 안경 너머의 쌍꺼풀이 없는 눈은 작지만 눈동자가 까맣고 컸다.

"여긴 어떻게 알고 오게 됐어?"

예의상 몇 마디는 나눠야 할 것 같아 사회적 질문이란 걸 해 봤다.

"방장 오빠랑 좀 아는 사이야."

말할 때 살짝 옆으로 비뚜름하게 돌아가는 입 모양은 장난스럽게 보이지만 냉소를 짓기에 적합했다. 자세히 볼수록 뭔가 더 자세히 들여다보고 싶은 구석이 있다. 목 늘어난 티셔츠도 빛바랜 바지도 가까이서 보니 멋스러웠다. 햇볕에 잘 말린, 면직물의 냄새가 희미하게 났다. 두 번 접어 올린 바지 밑단과 카키색 단화 사이의 발목은 새하얗고 가늘었다. 정말 예쁜 발목이다. 그렇게 자꾸 그 애를 훔쳐보고 있자니 음흉한 사람이 된 기분이 들었다.

짧은 치마에 새로 산 블라우스를 입고 풀메이크업에 고데기도 삼십 분 넘게 하고 나온 나를 부끄럽게 만드는 저 무심한 패션 센스. 이것이 잡지에서나 보던 프렌치 시크인가. 마지막 얼음을 먹기 위해 컵을 들었다. 다 녹았다. 집에 가야 할 시간이다. 그런데 왠지 저 애를 혼자 두고 가기에 조금 미안한 것 같은 아리송한 기분이 들었다. 나보다 더 낯가릴 것 같은데 여긴 대체 왜 나온 걸까.

일단 화장실에 가기 위해 일어선다. 화장을 고치며 생각을 해 보자. 정신이 돌아오면 그대로 나와 집으로 가는 게 현명할 것 같다. 자리에서 일어나 애매하게 고개를 꾸벅해 보이고 화장실로 갔다. 입술에 틴트를 덧바르고 소변을 보러 들어갔는데 오, 마이, 갓, 생리가 터졌다.

이미 조금 속옷에 묻어 있다. 생리가 시도 때도 없이 터진다. 한 달 내내 하다가도 몇 달 안 하기도 하고. 주기 따위는 없다. 병원에서는 아직 성호르몬이 안정적이지 않아서라고, 크면 괜찮아질 거라 했다. 엉거주춤한 자세로 문 앞에 걸린 가방을 뒤졌다. 생리대는 늘 가지고 다닌다. 하지만 생리대가 들어 있는 건 학교 가방이다. 오늘은 다른 가방을 들고 나왔다. 식은땀이 나고 욕이 나온다. 집에 가려면 버스를 타야 해서 휴지로 대충 막고 나왔다. 어떻게든 생리대를 사야 한다.

이럴 줄 알았으면 인사는 제대로 하고 나올 걸 그랬나. 딱히 돌아가서 대화의 장을 열 가능성은 적었다. 내가 그렇게까지 인생에 적극적인 타입은 또 아니다.

화장실에서 나와 세면대 거울로 치마 엉덩이 쪽을 봤다. 편의점에 다녀올 때까지 휴지가 잘 버텨 주어야 할 텐데. 갑자기 뭔가 쑤욱 뜨겁고 물컹한 게 나오는 느낌이 들었다. 나도 모르게 짧은 비명을 지르며 그 자리에 쪼그려 앉았다. 이렇게까지 본격적으로 나오기냐, 자궁 너 이 자식아. 아무래도 편의점 왕복은 어려울 것 같았다.

이러지도 저러지도 못하고 있는데 화장실 문이 벌컥 열린다. 헉, 그 애다. 날 지나쳐 변기가 있는 칸으로 들어갔다. 폭포수와도 같은 소리가 들렸다. 왠지 얼굴이 빨개진다. 그 애는 칸에서 나와 세면대에서 손을 싹싹 씻었다. 핸드워시의 베이비 파우더 향이 화장실에 가득 찼다. 가까이서 보니 화장을 안 한 것 같은데 모공도 없이 피부가 너무 매끈해 보였다. 내 상황을 잊고 최면에 걸린 사람처럼 그 애가 손 씻는 모습을 바라보고 있었다.

"왜?"

수도꼭지를 잠그며 그 애가 갑자기 내게 물었다.

"왜 그러고 있어?"

화장실 벽에 울려서 그런지 목소리가 아까보다 더 낮고 허스키했다. 담배 피우나. 그러기엔 피부가 너무 좋은데.

"혹시…… 생리대 있어?"

몇 분 전에 처음 만나 이런 말을 하는 상황에 자괴감이 밀려오지만 그런 걸 따질 때가 아니었다.

"없는데. 갑자기 시작한 거야?"

고개를 끄덕하는데 난감함에 눈물이 터질 것 같았다.

"잠깐만 있어."

그 애는 내 대답도 듣지 않고 문을 훅 열고 나갔다. 저 결단력, 행동력 뭐지? 알을 낳는 암탉처럼 쪼그리고 앉은 채 긴장되는 마음으로 그 애를 기다렸다.

얼마 지나지 않아 돌아온 그 애가 생리대를 건넸다. 손바닥의 땀 때문에 생리대가 착 붙었다.

"가방, 들어 줄게."

"안에 고리 있는데……."

"머리 부딪히잖아."

맞다. 생리대를 하려고 선 채로 고개를 숙이면 가방에 머리가 부딪히지. 너도 아는구나. 같은 여자로서 급 친밀한 유대감이 들었다.

상황을 해결하고 나와 손을 씻었다. 그 애는 내 가방을 들고 거울에 비친 나를 빤히 바라보며 말했다.

"같은 학교 애가 채팅방에 있는 줄 몰랐어."

"어, 나도 몰랐어. 알 리가 없잖아."

"그러네."

그리고 그 애가 정말 환하게 씨익 웃었다. 주변의 공기가 단번에 바뀔 정도로 멋진 웃음이었다. 그걸 보고 있자니 나비라도 삼킨 것처럼 아랫배가 간질간질했다.

약간 얼이 빠진 듯한 상태로 웃음이 지나간 그 애의 눈꼬리와 입가를 한참 바라봤다.

"뭘 그렇게 봐?"

그 애가 내 어깨를 툭 쳤다. 그러게, 내가 왜 이러지.

"너 웃는 모습이, 되게 뭐랄까…… 예쁜 것 같아."

"생리대 사다 줘서 고맙다는 얘기지?"

그런 건가. 암튼 화장실에서의 해프닝을 계기로 대화하기가 편해졌다. 화장실을 나와 내 자리로 갔다. 내 옆자리가 비어 있자, 그 애가 와서 앉았다.

"너는 이 모임 왜 나왔어?"

"난, 그냥…… 이런저런 정보 얻으려고."

차마 유튜버 되는 법을 찾기 위해 나왔다는 말이 안 나왔다.

"이런저런 정보가 뭔데?"

"그냥 이런저런 정보."

얼버무리는 내 말에 그 애는 혼자 뭐가 우스운지 깔깔 웃는다.

"너는 왜 나왔는데?"

"아까 말했잖아. 난 방장 오빠를 알아."

"방장 오빠가 누군데?"

그 애는 아까부터 초조한 표정으로 하릴없이 돌아다니는 남자를 손가락으로 가리켰다.

"전에 같이 타투 배우던 오빠야."

"타투? 너 타투 해?"

의외였다. 그런데 뭔가 멋졌다.

"그림 그리는 거에 관심 있어. 단 몸에만."

"너도 타투 있어?"

그 애는 대답 대신 티셔츠를 살짝 걷어 올렸다. 배꼽 옆에 손가락 두 마디 정도 크기로 좌우가 바뀐 낮은음자리표와 뒤집힌 높은음자리표가 합쳐진 하트 모양의 타투가 있었다. 주변이 갑자기 조용해졌지만, 정작 그 애는 전혀 신경 쓰지 않았다.

"타투 귀엽다."

내 칭찬에 기분이 좋은지 그 애가 환하게 웃었다. 다시 봐도 심장이 찡할 정도로 멋진 웃음이었다.

"그런데 너 이름이 뭐야?"

"나? 나 이솔이야. 이. 솔. 아아 이거 명함이 없어서 죄송하네요."

"나는 사랑이야. 오사랑."

우리는 장난스럽게 악수를 하고 킥킥 웃으며 서로의 이름을 입 안에 되뇌었다.

#이솔

며칠 후 학교 복도를 지나는데 책상에 귀를 대고 엎드려 있던 솔이와 눈이 마주쳤다. 들어오라는 손짓에 교실 안으로 들어갔다.

"운이 좋다. 오늘 처음으로 학교에서 눈 뜬 건데."

솔이는 학교에서 거의 잠만 잔다고 했다. 지난 토요일 오후의 생기발랄하던 애와 동일 인물인지 헷갈릴 정도로 나른해 보였다. 학교에 있으면 학교에 기를 다 빼앗기는 것 같다고 했다. 뱀파이어가 햇빛을 보면 맥을 못 추는 것처럼 학교에 들어오는 순간 몸이 무력화된다고.

그날 이후, 자다가 자꾸 점심시간을 놓친다는 솔이를 깨워 급식을 먹으러 갔다. 점심 먹는 재미로 학교에 나오는 건데 그걸 놓치는 솔이가 안타까워서. 그런데 그게 반복되자 솔이와 같이 먹는 점심이 기다려지기 시작했다. 이상했다. 집에서도 학교에서도 혼자 먹는 밥에 익숙해진 지 오래였다. 집에서는 학교와 학원 시간 때문에 맞벌이하는 부모님과 식사 시간 맞추기가 어려웠고, 학교에서는 같이 밥을 먹을 만큼 친한 친구가 없었다. 학기 초에 어쩌다 무리에 끼어 함께 밥을 먹었는데 무슨 이야기를 해야 하나 신경이 쓰여 꼭 체하곤 했다. 그러다 보니 혼자가 편했다. 익숙해지니 혼자서도 잘 먹고 많이 먹을 수 있었다.

별것도 아닌 이야기를 하며 함께 먹는 점심이 이렇게 즐거운 일인 줄 몰랐다. 솔이는 상대를 편안하게 하는 재주가 있다. 솔이와 있을 때의 침묵은 공기처럼 가볍고 자연스러웠다. 꼭 말로 그것을 채워야 할 의무감이 느껴지지 않았다.

식사를 마치고는 같이 운동장 계단에 앉아 음악을 들었다. 솔이의 음악 취향은 나와 아주 달랐다. 아이돌 음악을 전혀 듣지 않고 낯설기 그지없는 음악을 들었다. 솔이가 들어 보라며 틀어 준 음악들은 대개 괴상했다. 음도 복잡하고 가사는 뭉개졌다. 하지만 그렇게 말하지 않고 열심히 들었다. 음악을 들려줄 때 솔이는 학교 밖에서의 그 생기발랄한 얼굴을 보여 줬다.

"완전 좋지?"

감동한 표정으로 솔이가 이어폰을 빼며 말했다.

"그런가?"

내가 애매하게 대답하자 솔이는 내 눈을 똑바로 바라보며 말했다.

"내가 감동할 때 같이 감동하지 못하면 친구라고 할 수 없어."

"너, 감동계의 파시스트냐!"

"정말 좋은 음악이나 좋은 책에 감동하는 건 취향을 타지 않아."

"난 사실 잘 모르겠어."

"좋은 걸 알아보려면 훈련이 필요해. 아이돌 음악 그만 듣고 이걸 들어라."

"너는 대체 이런 음악들을 다 어떻게 알게 된 거야?"

"집에 온갖 음반이 있어. 이것저것 듣다 보니 어쩌다."

솔이는 그날부터 내게 플레이 리스트를 작성해 줬다. 나는 같이 감동해 주는 친구가 되고자 매일 몇 곡씩 솔이가 들으라는 음악을 의무적으로 들었다. 자꾸 들으니 좀 좋은 곡이 생기기도 했다. 솔이는 운동장 계단에 앉아 내게 그 곡을 만든 뮤지션이나 앨범 전체에 대해 설명했다. 그리고 그 곡과 비슷한 음악을 플레이 리스트에 넣어서 보내 줬다. 이상한 현상이 생겼다. 솔이의 플레이 리스트 음악이 좋아지면 좋아질수록, 솔이가 좋아졌다. 솔이가 좋아지면 좋아질수록 솔이가 보내 준 음악이 더 좋아졌다.

솔이는 음악 듣는 것, 좋아하는 책을 몇 번이고 반복해서 읽는 것, 타투에 대한 관심 등 몇 개 빼고는 다른 것에는 아주 무관심했다. 옷도 아무거나 입었고 학교에서 선생님이 잔소리를 하건 말건, 아이들이 솔이에 대해 수군거리건 말건, 급식 반찬이 뭐가 나오건 말건, 일절 관심이 없었다. 다른 사람에 대해 이야기하는 것도 들은 적이 없었다. 아무것도 평가하지 않고 누구에게도 참견하지 않았다. 그런 솔이의 태도가 나를 안정되게 하고 솔이를 자연스럽게 받아들일 수 있게 했다.

솔이의 집이 우리 집과 십오 분 거리여서 우리는 저녁을 먹고 가끔 근처 공원에서 만났다. 저녁 시간 학교 밖에서 만나는 솔이는 더 자유로워 보였고 더 어른스러워 보였다. 어디서건 솔이가 나타나면 모든 바람의 방향이 한꺼번에 바뀌는 듯한 기분이 들었다. 솔이의 주변에는 안개처럼, 느슨함과 무심함의 분위기가 어려 있었다. 그것이 나를 자유롭게 하고 설레게 했다. 멀리서 솔이가 보이면 심장이 평소와 다른 박자로 뛰기 시작했다. 쿵쿵쿵쿵 규칙적으로 뛰던 심장은 쿵쿵쿵, 쿵쾅쿵쾅, 쿵쿵, 쿵쾅쾅쾅 뭐 이런 식으로 제멋대로 날뛰었다. 중간중간 쉼표는 심장이 멎을 것 같은 순간이다.

이 감정의 정체를 당장 정의 내리고 싶지는 않지만 조금 특별하다는 것은 알고 있다. 다른 어떤 친구에게도 가져 본 적 없는 감정이었다. 솔이를 독점하고 싶고 나만 바라보게 하고 싶었다. 그 애의 좋은 부분을 다른 누구와도 나누고 싶지 않았다. 다행히 솔이는 다른 누구와 친구가 되는 것에 지금으로서는 흥미가 없어 보였다.

내가 유튜브를 해 볼까 한다고 말한 것도 그 공원에서였다. 솔이는 눈을 아주 크게 뜨고 어떤 콘텐츠로 할 건지 물었다. 그냥 막연히 유튜버가 되고 싶다는 생각 외에 구체적인 계획이 없던 나는 얼결에 뷰티라고 말했는데 솔이가 박수를 짝짝 쳤다.

"웬 박수야?"

"그냥 너무 용감해서."

"비웃는 거야?"

"아니야. 우리 나이 때 무모하고 용감해야지 언제 또 그러겠어."

진심인가 싶어 한참 가만히 있었다.

"근데 뷰티 유튜버 진짜 많은데."

"나도 알지."

"차별화된 부분은?"

"……평범한 얼굴?"

"너 같으면 보고 싶겠어? 평범한 유튜버의 뷰티 방송?"

"아니."

솔이는 뭔가 생각에 빠졌고 나도 머리가 복잡해지기 시작했다.

사실 유튜버가 되고 싶은 이유는 그냥 쉽게 돈을 벌 수 있을 것 같아서, 그 이상도 이하도 아니다. 아주 잘하는 것도 없고 공부도 보통이고 얼굴도 키도 인생도 다 보통. 부모가 부자도 아니다. 그림도 못 그리고 피아노도 체르니 100번까지 치다 말았다. 백 미터 달리기도 이십 초에 뛰었다. 그 흔한 장기 자랑에 나가 시선을 한 몸에 받은 경험도 없고 백일장에 나가 장려상 한 번 받은 적도 없었다. 엄마와 아빠는 어릴 적부터 늘 내가 특별한 아이라고 말했지만 나는 알고 있다. 그건 우리 엄마 아빠한테만 한정된 이야기라는 걸. 어느 자리에 가든 내 이름을 이야기하면 이름이 오사랑이야? 특이하다, 하고 삼 초 관심을 받은 후 늘 그걸로 끝이었다.

그런 내가 인생 역전을 할 수 있으려면 엄청난 운이 필요하고, 그 운이란 건 그나마 현실보다 온라인에서 기회가 많아 보였다.

유튜브도 인스타도 페북도 애들이 빵 뜨는 건 하룻밤 사이에 벌어지는 일이고 재능이나 실력보단 우연과 운과 타이밍의 컬래버레이션이었다. 어쨌거나 온라인상 뭐라도 하고 있으면 아예 안 하고 있는 사람들의 가능성인 제로보단 높다. 온라인상의 잭팟 같은 이 유명함의 기회는 노력하는 만큼 이루어진 세계가 아니란 게 마음에 든다. 물론 최소한의 노력이 깔려 있겠지만 10 다음엔 20, 그다음엔 30…… 이런 식으로 노력하는 만큼 인지도가 성실하게 올라가는 게 아니고 0에서 순식간에 100, 어느 순간 100,000으로 뛰어오른다는 점이 좋다. 구매 행위 이후 모든 게 운인 로또와도 다르다. 계급을 바꿀 수 있는 거의 유일한 방법이다.

어떻게 하면 너무 속물적으로 보이지 않고 설명을 하나 고민하는 동안 솔이가 일어났다. 우린 좀 걷기로 했다.

"페북 하지?"

페북은 거의 일기장으로 쓰고 있다. 요새는 어쩌다 보니 솔이의 이야기밖에 없었다.

"가끔."

"난 페북으로 타투이스트 검색해서 많이 보거든. 그중에 유튜브를 하는 사람 있는데 소개해 줄게."

"그런데 너는 왜 타투가 하고 싶어?"

"왜가 어디 있어. 하고 싶으니까 하는 거지."

"나도 친구 신청 해 줘. 아니다. 내가 할게."

"나 사실 네 페북 봤어. 얼마 전에."

나는 걸음을 멈췄다. 내 페북? 솔이와의 시시콜콜한 모든 이야기를 써 놓은 내 페북을 봤다고? 손에 땀이 나고 얼굴이 화끈거렸다. '노래를 따라 부르는 네 옆모습을 몰래 훔쳐봤다' 이딴 걸 봤다고? 성별조차 안 밝혔으니 남이 보면 누군지 전혀 모르겠지만 솔이가 보면 바로 자기 이야기인 걸 알 텐데. 사실 솔이가 페북을 할 거라고는, 나를 검색하리라고는 생각해 보지 않았다. 내 머릿속이 멘붕이 되었는데 솔이의 얼굴은 평안해 보였다.

"아무튼 내가 그 사람 소개해 줄게. 타투 방송이긴 한데 구

독자도 꽤 되고 장비나 준비하는 과정 이런 거 저런 거 물어
보면 잘 알려 줄 거야. 보기와는 다르게 친절해. 왜 안 와?"

멈춰 선 나를 돌아보며 솔이가 물었다. 막연하게 울고 싶
은 기분이 들었다. 솔이가 다가와 내 손을 잡았다.

"들어가자."

#엄마

저녁이 어떻게 지나갔는지 모르겠다. 공원에서 돌아와 곧장 내 방으로 들어갔다. 이불을 머리까지 돌돌 말고 허공에 발차기를 하다, 베개에 입을 대고 소리를 지르다, 한마디로 지랄발광을 했다. 날뛰는 감정의 정체를 모르겠다. 기쁨과 부끄러움과 환희와 수치심과 서러움과 당황과 설렘의 대폭발이다. 이토록 강렬한 감정의 관통은 태어나 처음이다. 물 밖에 나온 물고기처럼 파닥거리며 지나가길 기다렸다. 하지만 감정은 부메랑처럼 사라졌다 싶으면 다시 되돌아오고 가는 척하다 또 되돌아오곤 했다. 처음이었다. 솔이와 손을 잡은 건. 솔이의 손은 서늘한 편이었는데 내 손은 뜨겁고 땀 때문에 축축했다. 모든 신경 세포가 손 한쪽에 몰린 느낌이었다. 심장이 풍선처럼 부풀어 올라 어느 순간 빵 하고 터질 것 같았다.

어쩌면 나는 예상했던 것 같다. 내 페북 일기를 언젠가 솔이가 볼 거라는 걸. 아니, 사실은 보기를 바라고 썼는지도 모른다. 겉으로는 아닌 척했지만 무의식 깊은 곳에서 내 감정을 알아주기를 바라고 또 바란 걸지도. 이게 사랑일까?

먹으라는 과일도 안 먹고 티브이도 안 본다 하니 엄마가 방으로 들어와 어디 아프냐고 물었다.

"몰라 몰라 몰라 몰라! 나가 나가 나가 나가!"

황당한 표정으로 엄마는 방에서 나갔다. 좀 미안했지만 그게 최선이었다. 자정쯤 되고 집 안이 조용해지자 조금 정신이 들었다. 물을 마시고 싶어 살금살금 부엌으로 나갔다. 물을 따라서 돌아오려는데 안방에서 말소리가 들린다. 오늘 아빠는 출장 가서 집에 없는데? 살금살금 걸어 안방 문 앞에 섰다. 엄마는 이른 출근으로 초저녁잠이 많다. 보통 밤 아홉 시, 늦어도 열 시에는 잠이 든다. 가끔 그 시간을 넘겨 깨어 있으면 맥을 못 춘다. 노크를 하며 엄마를 부르려는데 문득 싸한 기분이 든다. 강렬한 기시감. 어릴 적 가끔 아빠가 집을 비우면 엄마와 둘이 자곤 했는데 밤중에 잠이 깨 일어나 보면 엄마가 없었다. 잠결에 찾아다니면 엄마는 베란다나 작은 방에서 속삭이며 통화를 하고 있었다. 지금도 누군가와 통화를 하는 게 틀림없다.

#자정이가까운시간에 #아빠가없는밤마다 #잠이많은엄마

의통화 이 해시태그의 끝은 역시 #불륜인건가

하지만 밤에 통화를 한다고 불륜으로 결론을 내리는 건 너무 성급하다. 안방 문 앞에 쭈그려 앉아 문을 벌컥 열고 들어가야 하나 고민했다. 엄마에게 누구랑 통화하는지 물으면 순순히 대답해 줄까. 얼버무리면 그만이다. 그렇다고 엄마의 휴대폰을 빼앗아 확인하는 건 해선 안 될 일 같았다. 하지만 내 모든 감각이 이건 비일상적인 무언가라고 확신하고 있다. 엄청난 심증이 간다. 문손잡이를 잡고 돌릴까 말까 돌릴까 말까 하고 있는데 조금 커진 엄마의 목소리가 들린다. 문에 귀를 대 보았다.

"당신은 정말 예전부터 다 마음대로야? 기다리기로 했잖아. 애가 졸업할 때까지만. 그런 말로 사람 힘들게 하지 말고 처음에 얘기한 대로 해. 아이고 됐네요, 아저씨."

이건 빼박 바람이다. 일단 엄마는 아빠한테 반말을 안 쓴다. 신혼 초에 부부 싸움을 몇 번 심하게 하고 서로 존댓말을 쓰기로 약속했다고 했다. 아이고 아저씨, 이런 말도 아주 가까운 남자 사람한테나 쓰는 말일 테고. 아냐, 어쩌면 엄마 아빠는 내가 없을 때 저런 말을 쓰며 대화하는 건지도 모른다. 맞다. 아빠일 가능성도 완전히 배제할 수 없다. 아빠일 거다. 자정의 사랑싸움 뭐 그런 거? 근데 내가 졸업할 때까지 기다린다는 건 대체 뭐지?

컵을 들고 다시 살금살금 내 방으로 왔다. 목이 타 머그잔에 가득 담긴 물을 원 샷 했다. 크게 한숨을 내쉬고 아빠에게 전화를 걸었다.

"어, 딸…… 웬일이야, 이 시간에?"

잠이 덜 깨서 목이 콱 잠긴 아빠가 전화를 받았다.

"아빠, 지금 뭐 해?"

"자고 있지. 무슨 일 있어?"

"아니, 아빠. 힘내."

아빠의 헛웃음을 뒤로하고 나는 전화를 끊었다.

오늘 너무 많은 일이 있었다. 사랑에 빠지는 건 이 집에서 나 하나로 충분한데. 머리가 아파 온다. 엄마에게 엄청난 배신감이 든다. 하지만 안방 문을 벌컥 열고 들어가 누구와 통화하는지 추궁할 정도로 용기가 나지 않는다. 스스로에게 짜증이 나 이러지도 저러지도 못하고 방을 서성이다 솔이에게 카톡을 보냈다.

> 엄마가 연애한다.

거의 순식간에 답이 왔다.

> 무슨 소리야?

> 엄마가 한밤중에 남자랑 통화해.
> 오늘이 처음이 아니야. 아빠 없을 때마다.

그냥 모르는 척해.

왜?

그럼 어쩔 거야. 괜히 긁어 부스럼 될 수도
있고. 원래 별거 아닌데 누가 알거나 그럼
더 확 불타오를 수도 있어.

어떻게 그래?

내 말 들어. 그냥 모르는 척하는 거야.

나 너무 심란해.

엄빠에겐 엄빠의 인생이 있는 거야.
너네 아빠가 알게 되면 그때 가서 생각해.
그때도 니가 할 일은 없겠지만.

냉정하다.

답이 오지 않았다. 말이 심했나. 미안해,라고 쓰다 지우다
하는데 답이 왔다.

내 경우엔 그랬어.

이번엔 내가 뭐라고 답을 해야 할지 모르겠다. 한참 만에 찾은 할 말은 평이했다.

알았어. 미안해.

미안하긴. 내일 얘기하자.

엄마는 이제 잠들었을까. 모든 중요한 일은 엄마와 의논했는데 이 일은 엄마와 의논할 수가 없다. 엄마에게 이야기할 수 없는 일들이 오늘은 두 개나 생겼다. 휴대폰을 내려놓자 외로움이 밀려들었다. 밤은 깊어 갔고 나는 잠들 수 없었다.

#소문

"야, 너 2반 이솔이랑 사귄다며?"

아침에 등교하자마자 평소에 별로 대화도 안 해 본 애가 내게 물었다. 이 애 이름이 세영이던가. 행동도 목소리도 커서 자꾸 시선이 가는 애였다. 조용한 교실 안에 절반쯤 등교한 아이들이 일제히 나를 쳐다보는 게 느껴졌다.

"무슨 소리야?"

잠도 잘 못 자서 정신이 없는데, 게다가 내 마음을 겨우 어젯밤에서야 솔이가 알았는데 무슨 소문이 이렇게나 빠르지? 우리가 사귀냐고? 그건 나도 알고 싶은 부분인데.

"너 요새 이솔이랑 엄청 붙어 다니잖아. 어젯밤에도 애들이 너네 같이 있는 거 봤대. 분위기가 완전 장난 아니었다는데."

"야, 뭐 어떻게 하면 사귀는 건데? 너도 걔랑 맨날 손잡고 다니잖아. 그럼 사귀는 거냐? 그럼 너도 걔랑 사귀고 걔는 쟤랑 사귀냐?"

짜증 나는 마음에 반에서 항상 붙어 다니는 애들을 손으로 마구잡이로 가리키며 성질을 냈다. 애들이 말은 안 하지만 내 말에 더 수긍하는 분위기였다. 세영이는 딱히 반박할 말이 없는지 그냥 물어보는 건데 뭐 그렇게 화를 내냐며 구시렁거렸다.

"야, 이솔 걔 레즈비언이야. 완전 유명했어. 중학교 때."

앞쪽에 앉은 애가 갑자기 끼어들었다. 그 말에 잠을 자던 남자애들까지 모조리 일어났다.

"나 이솔이랑 같은 중학교 나왔거든? 이솔 3학년 때 전학 왔고 테니스부였는데 여자애들한테 인기 완전 많아서 맨날 편지랑 뭐 그런 거 받고 여자애들이랑 사귀고 그랬어. 체육 창고에서 여자애랑 키스하다 걸려서 테니스부 해체되고 그 애는 전학 가고 완전 난리도 아니었어."

"대박!"

"이솔 학교도 일 년 꿇었어. 몰랐어? 너 지금 이솔이랑 썸 타는 거야? 걔 웬만한 남자보다 여자 잘 꼬셔."

세영이가 환한 표정으로 끼어들었다.

"웬일이야, 나 진짜 레즈비언 처음 봐."

"걔 완전 진성 레즈비언이잖아."

나는 책상 위에 가방을 탕 올리면서 아이들의 말을 끊었다.

"야, 웹소설 같은 소리 하지 말고 자리 좀 비켜 줄래?"

아이들은 다른 자리로 옮겨 가서 뭐라고 쑥덕쑥덕한다. 다른 아이들도 몇 명 더 껴서 열심히 이야기들 나누는 꼴이 엄청 거슬린다. 하지만 몸에 기운도 없고 뭐라고 반박을 해야 할지 모르겠다. 책상에 엎드리는데 기분이 한없이 가라앉는다. 솔이는 내 마음, 내 죽을 것 같던 그 설렘 다 알고 있으면서 모르는 척한 거다. 게다가 그런 관심을 받는 게 처음도 아니다. 그것보다 난 솔이에 대해 아무것도 모른다. 일 년을 꿇었다고? 그럼 열아홉 살이라고? 게다가 레즈비언? 여자를 사랑하는 여자. 솔이가 남자라면 고백하기가 쉬울 거라고 잠깐 생각했는데 이젠 내가 여자여서 다행이라고 생각해야 하나. 여자를 몇 명이나 만나 봤을까. 생각을 하면 할수록 짜증이 밀려온다. 키스라고? 체육 창고에서? 아주 그냥 하이틴 웹소설을 썼구나. 그런데 솔이가 레즈비언이라는 사실에 왜 이렇게 화가 나는 걸까.

하루 종일 엎드려 있었다. 점심시간에 솔이네 반에 가지도 않았다. 엎드려 있는 와중에도 내가 솔이의 중학교 동창이 한 말을 듣고 충격받아 저러고 있다고 애들이 생각할까 봐 분했다. 하지만 사실이기도 해서 고개를 들 수 없었다. 청소까지 다 끝나고 하교가 시작되어서야 나는 깨달았다. 이 감정이 질투라는 것을. 솔이에게 그 모든 처음이 내가 아니라는 사실이 이렇게 괴롭다는 것을.

아이들이 모두 빠져나가 빈 교실이 되었을 때 고개를 들었다. 옆자리에 솔이가 앉아 있었다.

"언제 왔어?"

"우리 반 종례 끝나고."

"왜 안 깨웠어?"

"잘 자기에. 곱창 먹으러 가자."

뜬금없는 메뉴에 당황하는 사이 솔이가 내 가방을 챙겨 들고 획 일어섰다. 우리는 학교에서 십오 분 정도 떨어진 곱창집으로 향했다. 곱창집은 처음이었다. 솔이는 능숙하게 이것저것 주문하고 사이다를 따라 내 앞으로 밀어 줬다. 그러고 보니 솔이는 뭘 하든 늘 어른스럽고 자연스러워 보인다. 나는 아이처럼 가만히 솔이의 움직임을 바라보고 있었다.

"웬 곱창이야?"

"스트레스 받으면 매운 거 땡기잖아."

"나 곱창 한 번도 안 먹어 봤어."

"먹고 나서 맨날 먹자고 그러지 마라."

철판 위에 새빨간 양념으로 버무려진 곱창과 순대가 나왔다. 양배추와 깻잎 등 야채가 수북하게 올려져 있고 들깻가루가 넉넉히 들어갔다. 종일 비어 있던 위가 급작스럽게 활동을 시작했다. 배 속이 난리가 났다. 수저를 입에 물고 흐르는 침을 막았다. 솔이는 커다란 주걱으로 모든 재료를 골고루 섞었다. 고소하고 매콤한 냄새가 퍼지기 시작한다.

"떡부터 먹어."

솔이가 접시에 떡과 야채 몇 점을 덜어 줬다. 나는 접시째로 입에 털어 넣었다. 솔이가 익은 곱창과 순대를 내 앞에 덜어 줬는데 어떻게 씹고 삼켰는지 기억이 나지 않는다. 주는 족족 먹었다. 이렇게 맛있는 음식을 엄마는 왜 아직까지 한 번도 사 주지 않은 건지 의문이 들었다. 솔이는 쫄면 사리를 추가해 열심히 익힌 후 접시에 담아 줬고 마무리로 볶음밥까지 슥슥 만들어 줬다. 살짝 눌은 게 맛있다며 철판에 넓게 깔고 잠시 기다린 후 먹으라 했다. 곱창집 이모가 자기보다 잘한다며 솔이에게 아르바이트 할 생각 없냐고 물어볼 정도였다. 정신줄을 놓은 채 다 먹고 나니 배는 복어처럼 부풀어 있었고 머릿속을 복잡하게 하던 많은 생각들은 사라졌다.

"맛있지?"

"어, 완전. 천상의 음식 같아."

"곱창은 소울 푸드지."

우리는 마주 보고 크크크 웃었다. 친구들과 패스트푸드점이나 분식집 말고 본격 식당에 온 건 처음이다. 게다가 곱창이라니, 급성장한 기분이 들었다.

"엄마 일은 너무 걱정하지 마. 무슨 일이 벌어진 것도 아니고, 아무 일도 아닌 채로 지나갈 가능성이 훨씬 높아."

내가 오늘 점심시간에 솔이에게 가지 않은 게 엄마 때문이라고 생각하는 것 같다. 얼결에 고개를 끄덕였다.

"사람들은 누구나 비밀이 있어. 우리가 어른이 된다는 건 비밀을 가진 존재가 된다는 거야. 그런 걸 다 일일이 파헤칠 필요는 없다고 생각해. 게다가 더 중요한 건……."

"중요한 건?"

"알 게 뭐냐는 거지. 야, 알 게 뭐야. 엄마가 연애를 하건 말건."

"그렇게 생각하는 게 어떻게 가능해? 엄만데……."

"엄마는 엄마고 너는 너지. 네가 아무리 싫어도 그건 그런 거야."

"……인정 불가다."

"막말로 어느 날, 엄마가 '나 사랑하는 사람이 생겼다. 아빠랑 이혼한다.' 하더라도 네가 뭘 할 수 있겠어? 엄마 인생인데."

"그만해, 나 체할 것 같아."

"완전 애기네, 애기야."

솔이는 일어나서 계산을 했다. 솔이의 말에 기분이 상했지만 반박할 말을 찾을 수 없었다. 엄마는 내 엄만데, 엄마만의 인생이 있다는 말은 너무 이상하다. 하지만 일단 지금은 별로 생각하고 싶지가 않다.

"엄청난 것을 먹게 해 줬으니 커피를 사도록."

솔이가 식당을 나오며 말했다. 우리는 학교 근처 카페로 향했다. 같은 반 아이들 몇 명과 마주쳤다. 아침의 대화가 생각나 나도 모르게 눈을 피했다. 아이들이 나와 솔이를 유심히 바라보는 게 느껴졌다. 왠지 모를 오기가 느껴져 솔이의 손을 잡았다.

"솔아, 페북에 사진 올려도 돼?"

"누구? 나?"

"너랑 내 사진."

"왜?"

"그냥, 간직하려고."

"그러든가."

우리는 커피를 들고 공원에 가서 사진을 찍었다. 누가 뭐라거나 말거나 나는 지금 행복하다.

#페북과 싸이월드

솔이와 찍은 사진을 페북에 잔뜩 올렸다. 곱창 먹은 사진, 커피 사진, 공원에서 같이 찍은 사진 등등. 감성 필터를 넣고 얼굴 윤곽을 조금 손봤더니 봐 줄 만했다. 솔이와 친구를 맺고 솔이가 소개해 준 사람에게 페북 메시지도 보냈다. 잠깐 고민하다 현재 재학 중인 학교명도 채워 넣었다. 솔이와 소문까지 났는데 보란 듯 그냥 전시하고 싶은 마음도 있었다. 어떤 애들은 남자 친구랑 침대 셀카까지 올리는 마당에 이 정도야 뭐. 누군가를 좋아하는 마음이 자랑하고 보여 주고 싶은 마음과 연결된다는 것을 알았다. 내가 솔이의 옆에 있고 내 마음이 이렇다는 걸 숨기고 싶지 않다.

사진을 올리고 얼마 되지 않아 알림이 울려 들어가 보니 댓글이 벌써 달렸다.

'오오~ 인정?'

또 세영이었다. 애는 왜 이렇게 나한테 관심이 많지? 세영이의 페북을 타고 들어가 보니 게시물이 천 개가 넘는다. 태어나 숟가락 잡을 힘이 생기면서부터 페북을 한 것 같다. 진짜 온갖 것들을 다 찍어 올렸다. 먹은 것, 놀러 간 곳, 입은 옷, 새로 산 화장품, 여기저기서 스크랩한 웃긴 글이나 사진, 지인과의 카톡 내용 캡처까지 온라인으로 올릴 수 있는 모든 것이 다 올라가 있다. 반 애들 대부분은 물론이고 전교생이 통째로 친구 목록에 올라가 있는 듯하다.

잠시 뒤 알림이 띠링띠링 연달아 울려 들어가 보니 애들이 나와 솔이 사진 아래 댓글 파티를 하고 있다.

'멋지다'

'우리 학교 1호 공식 레즈 커플 탄생'

'솔이 시계 어디 꺼?'

'메가 커피 바닐라라떼 시럽 두 번 펌핑 존맛'

'커플 만남 하자능'

'오사랑 이름 오달링인 거 네이밍 센스 대박'

'잘 어울령'

'커플 사진 또 올려 줘'

'내일 수행 평가 뭐임'

애들이 왜 단체 채팅방에서 안 떠들고 여기 와서 이러는 거지. 늘어 가는 댓글을 바라보다 그냥 두기로 한다. 반응은 생각보다 나쁘지 않았다. 자연스럽게 받아들이는 분위기다. 이런 관심은 태어나서 처음 받아 본다. 아드레날린 비슷한 것이 돌기 시작한다. 이 맛에 사람들이 SNS 중독이 되는 거군.

본격적으로 아이들 페북을 구경했다. 그런데 자정이 되자마자 휴대폰 인터넷이 잠겼다. 전에 오픈 채팅방으로 밤새우다 엄마와 싸우고 제어 어플을 깔았다. 자정부터 학교 끝나는 오후 다섯 시까지는 인터넷을 쓸 수 없다. 문자와 전화만 된다. 평소라면 포기하고 자는데 오늘은 그게 안 된다. 거실로 나가 엄마와 내가 같이 쓰는 노트북을 가져왔다. 예전에 만들었던 수행 평가 파일을 열어 알리바이를 갖춘 후 다시 페북에 들어갔다. 블로그나 인스타에 연동해 둔 애들이 많아 다 구경하려니 시간이 많이 걸린다. 애들은 참 많은 것을 사고 많은 곳에 놀러 다니고 있었다. 전혀 모르는 애들 계정을 구경할 때보다 확실히 재미있었다. 솔이는 자려나. 솔이 페북엔 별게 없다. 거의 다 타투 사진들. 그래도 자꾸 들어가 보고 또 보게 된다.

터치 패드가 익숙하지 않아 이상한 주소를 눌렀다. cy로 시작되는 도메인이었다. 싸이월드? 순간 엄마 얼굴이 딱 등장했다. 엥? 엄마가 전에 지나가는 말로 엄마 세대는 페북 대신 싸이월드였다고 말한 것이 떠올랐다. 사이트가 남아 있는 줄

은 몰랐는데. 비어져 나오는 웃음을 실실 흘리며 엄마의 사이
트를 열심히 훑었다.

엄청 촌스럽다. 게다가 엄마 얼굴이 아주 어리다. 이 낯설
면서 낯익은 느낌. 이러다 엄마의 전 남자 친구 사진이라도
보는 거 아닌가.

예나 지금이나 다를 게 없었다. 놀러 간 곳, 먹은 것, 셀카
등 구성이 비슷하다. 셀카 얼굴이 엄청 새하얗다. 코가 없다.
엄마의 흑역사다. 갖고 있다 놀려야지. 내 휴대폰으로 코 없
는 사진들을 찍어 뒀다. 몇 페이지 지나갔는데 배경이 아주
이국적이다. 유럽 같다. 엄마가 젊었을 때 해외여행도 하고
아주 팔자가 좋았나 보다. 현재 우리 집 사정으론 1박 2일 국
내 여행을 다녀왔을 때에도 엑셀로 재무제표까지 작성하는
데. 엄마가 대학을 졸업하기 전 집이 망했다고 들었다. IMF
는 그래도 잘 버텼는데 그 이후 할아버지가 무리하게 사업
을 확장하다가 잘 안 됐다고. 내가 태어나기도 한참 전의 일
이라 자세한 건 모른다. 생각보다 더 잘살았나 보다. 그런데
사진들을 넘기면 넘길수록 죄다 유럽이다. 대충 보던 글들을
자세히 읽어 봤다. 1학기 종강 파티, 알바, 첫 프로젝트, 장학
금……. 피부색이 제각각 다른 외국인들 사이에서 코 없는 엄
마가 하얗게 웃고 있다. 그러다 한참 뒤쪽에서 결정적 사진을
찾았다.

'세인트 마틴 합격!! ㅜㅜㅜ'

영어가 잔뜩 쓰여 있는 서류 사진이 올라간 포스트의 날짜는 22년 전이다. 엄마는 유학생이었다! 검색해 보니 센트럴 세인트 마틴은 영국에 있는 예술 학교란다. 엄마는 한국에 있는 전문대를 졸업했는데? 엄마는 중소기업 재무팀에서 일하는데? 물음표가 머릿속을 가득 채운다. 다시 사진들을 하나하나 찬찬히 살폈다. 엄마의 업로드는 20년 전에 끊겼다. 이상하다. 내가 알고 있는 사실과 뭐가 다 안 맞는다. 엄마는 전문대를 졸업하자마자 결혼해 스물세 살에 나를 낳았다고 했다. 하지만 싸이월드 사진들을 보면 엄마는 스무 살 때부터 스물세 살까지 영국에 있었다. 그런데 단 한 번도 내게 영국의 영 자도 꺼낸 적이 없다. 엄마가 영어를 한다는 건 상상도 해 본 적이 없다. 내게 가르쳐 준 적도 없고 영어로 말하는 걸 들어 본 적도 없다. 미술도 마찬가지다. 엄마가 그림 그리는 걸 본 적이 없다.

대체 이 미스터리는 뭐지. 의문에 의문을 더해 거대한 물음표가 바위처럼 머릿속에 떡하니 자리 잡았다. 엄마의 유학 사실은 필요치 않아 내게 알려 주지 않은 정보가 아니다. 엄마는 이 사실을 숨겼다. 아주 철저하게. 아빠도 할머니 할아버지도 다 계획하에, 마치 없었던 일처럼 유학 사실을 숨겼다. 열심히 공부해서 좋은 학교 가라고 잔소리하는 엄마에게 "엄마도 전문대 나왔으면서! 난 엄마 닮아서 공부 못하는 거야!"라고 할 때도 엄마는 아무 말이 없었다. 같이 여행 프로그

램을 보다 "엄마 유럽 가 봤어?" 물었을 때도 "돈이 어딨어!" 하고 대답했다.

왜? 오소소 소름이 돋는다. 친밀하던 엄마와 가족들이 갑자기 모르는 사람들처럼 느껴진다. 의도가 있다. 내가 절대 알면 안 되는 의도가. 뭘까. 엄마의 사이트를 아무리 더 들여다봐도 새로운 사실을 알아낼 수가 없다. 엄마의 불륜, 엄마의 과거, 엄마의 비밀. 이 사람은 내가 아는 엄마가 아니다. 아니, 내 엄마가 맞긴 할까.

#아나키고고

며칠이 흘렀다. 더 알아낸 사실도 없고 엄마에게 물어보지도 못했다. 엄마는 회계 감사 기간이라고 며칠째 야근이다. 얼굴 보기가 힘들다. 아침마다 보기는 하니까 물어볼 시간이 전혀 없는 것은 아니지만, 식탁에서 시리얼을 우적우적 씹으며 대뜸 왜 유학 사실을 숨겼냐고 물어보기엔 분위기가 맞지 않는다. 어쩌면 그건 핑계이고 물어보기가 두려운 걸지도 모르겠다. 엄청난 사실을 듣게 될까 봐, 혹은 엄마가 떠날까 봐. 논리적인 감정은 아닌데 그냥 다 무섭고 두렵다. 솔이 말대로 모르는 척하고 덮은 채 시간이 흘러 아무 일도 아니게 되면 좋겠다. 나만 모르는 척하면 지금과 달라지는 게 없을 것 같다.

하지만 마음이, 마음이 그렇지 않다. 매일 물 먹은 이불솜처럼 무거워지기만 한다. 어른이 된다는 건 비밀을 가진 존재가 된다는 거라는데 난 어른이 되기에 적합한 존재가 아닌가 보다.

솔이와의 저녁 산책은 그나마 짓눌린 기분을 진정하는 데 조금 효과가 있다. 우리는 거의 매일 밤 여덟 시쯤 만나 한 시간 정도 무작정 걸었다. 솔이의 손을 단단히 잡고 침몰할 것 같은 마음을 가다듬으며.

9월인데도 날은 여전히 덥기만 했다.

"올겨울은 유난히 춥다는데……."

솔이가 손바닥에 괸 땀을 바지에 닦으며 말했다.

"그런 말은 매년 듣는 것 같아."

"사람들한텐 매해 겨울이 늘 새롭게 추운 거야."

"엄마 말로는 패딩 팔려는 상술이래."

"겨울 방학 때 뭐 할 거야?"

"나 알바 할 거야. 돈 벌어야 해."

"어디서? 나도 할래. 같이 하자."

"너 대학 안 갈 거야? 공부해야지. 난 하고 싶은 게 있으니 돈을 모아야 하지만."

솔이 입에서 대학이란 말이 나오다니, 현실감이 떨어진다. 대학은 인문계 나오면 웬만하면 다 가는 거라고만 알았지 선택할 수 있다고 생각해 본 적이 없었다. 성적이 되면 서울 4년제, 안 되면 그냥 지방대, 더 안 되면 전문대, 다 안 되면 재수,

그거 아닌가?

"넌 대학 안 가?"

"내가 대학을 왜 가. 나 타투이스트 할 거라니까. 지금은 학생이라 가르쳐 주는 데도 없고 써 주는 데도 없지만 졸업하면 타투숍 들어가야지. 타투는 도제식 교육이라서 좋은 선생님 만나 딱 붙어서 배우면 되는데, 처음에는 돈을 안 주니까 지금부터 모아 둬야 해."

"좋겠다. 넌 하고 싶은 게 확실해서."

"너도 뷰티 유튜버 하고 싶다며."

솔이가 그 말을 하는 순간 이상한 부끄러움이 밀려왔다. 유튜버가 되고 싶다고 말은 했지만 노력한 바도 없고 목표하는 바도 없다. 딱히 보여 주고 싶은 콘텐츠도 없고 구체적인 계획도 없다. 유튜버가 되고 싶다는 말이 아무것도 하고 싶은 게 없다는 말보다 더 공허하게 들린다. 할 말을 찾지 못하고 우물거리자 솔이가 말했다.

"뭐 어쨌든 이번 주에 그 오빠 만나기로 했으니까 이것저것 물어봐. 보고 할 수 있는지 생각해 보면 되잖아. 안 맞을 거 같으면 안 하면 되지."

문득 까맣게 잊고 있었던 주말 약속이 생각났다. 타투 시술을 유튜브 라이브 방송으로 하는 그 사람을 만나기로 했다. 친절한 사람이라고 했고 솔이도 같이 가는 거라 기대 중이었는데 엄마의 일로 잊고 있었던 거다. 마음 같아서는 그냥 다

취소하고 싶은데 솔이가 적극적으로 소개해 주고 도와주려고 한 거라 그러기가 쉽지 않다.

솔이와 헤어지고 집으로 돌아왔다. 오랜만에 엄마가 일찍 와서 아빠와 파전에 막걸리를 먹고 있었다. 파전 먹으라는 엄마 말에 고개만 저으며 방으로 들어갔다. 이상하게 엄마가 밉다. 아빠도 밉다. 파전도 밉고 막걸리도 밉다. 엄마가 방으로 따라 들어온다.

"너 요새 뭐 하고 다니니?"

"그게 무슨 소리야?"

"저녁마다 나가고 얼굴 보기 너무 힘들다."

"엄마가 야근해서 못 본 거잖아."

"그런가."

엄마가 실없이 킥킥 웃었다. 술에 취했다.

"어쨌든 오랜만에 보는 건데 앞에 좀 앉아 있어. 얼굴 좀 보게."

"뭐 얼굴을 봐, 아빠 얼굴이나 봐."

"여보!"

엄마가 갑자기 큰 소리로 아빠를 불렀다.

"여보, 얘가 나 괄시해요."

"하아, 엄마 여기서 주정하지 마."

"그럼 여기서 하지 어디서 해, 내 집인데? 내 마음인데?"

아빠가 들어와 막걸리나 마저 마시자며 엄마를 데리고 나가려고 한다.

"여보 잠깐만, 나 사랑이 얼굴 보고 싶어서 그러는데 왜, 사랑이 방이 뭐 출입 금지 구역도 아니고 왜 그래. 사춘기가 벼슬이냐."

"엄마 술 냄새 나. 제발 좀 나가 줘."

아빠가 안 나가려고 버티는 엄마를 번쩍 들어 거실로 데리고 나갔다. 문을 닫고 잠그려는데 아빠한테 문자가 온다.

> 너무 그러지 마라. 엄마한테.

말로 못 하고 문자로 보내는 게 너무 아빠스럽다. 아빠는 내게 화를 못 낸다. 어릴 때부터 혼내는 일은 늘 엄마 전담이었다. 아빠는 평화주의자다. 엄마의 수상쩍은 행적이 밝혀지면 아빠가 받을 상처도 걱정된다. 아빠가 배신감에 병들어 시름시름 앓다 죽을까 봐 무섭다. 침대에 엎드려 한참 울었다. 지난 며칠 동안 감정의 파고가 더 이상 견딜 수 없을 정도로 깊고 또 높아졌다. 이럴 때는 휴대폰이 유일한 해결책이다. 유튜브나 봐야겠다. 내게 온 감정들이 아주 멀어지도록 할 수 있는 방법이다. 어른들은 왜 이렇게 애들이 휴대폰을 쥐고 사냐고 툴툴거리지만 뭘 모르는 거다. 우리는 휴대폰을 통해 현실을 잊고, 숨 쉬고, 살아간다는 걸. 휴대폰을 마주하는 것보다 더 좋은 현실은 없으니까.

토요일 오후, 솔이와 그 오빠를 만났다. 작업실은 합정역 근처였다. 긴장하는 일이 좀체 없는 솔이가 긴장했다. 솔이도 따로 그 오빠를 만나는 건 처음이라고 한다. 밝고 조용한 작업실에는 바닥에 두꺼운 패드가 깔려 있고 낮은 책상, 간단한 음향 및 촬영 장비들이 놓여 있었다. 희미한 향 냄새와 요가 할 때 들을 것 같은 음악 소리도 났다. '아나키고고'라는 닉네임을 쓰는 그분은 생각보다 덩치가 꽹장했다. 키가 190센티미터는 되는 것 같다. 친구라는 사람이 패드 위에 엎드려 있다. 유튜브 방송을 할 때는 손님을 직접 촬영하진 않는다고 한다. 주변 사람이나 방송을 보는 사람 가운데 자원하는 사람 중 적당한 사람을 데려와 찍는다. 처음에는 타투 하는 과정을 모니터링 하기 위해 녹화 촬영을 했는데 우연한 기회에 유튜브에 올린 뒤 반응이 좋아 동영상 강의처럼 정기적으로 찍는다고 한다. 타투를 배우려고 하는 사람들을 대상으로 했지만, 그냥 재미로 보는 사람들도 많고 입담이 소문나서 소통하려고 보는 사람도 많단다. 지금은 구독자들과 친해져 연애 상담도 해 주고 가정사 고민도 들어 주며 같이 논다고.

　아나키고고는 아에이오우 아에이오우, 하며 입을 풀고 얼굴 근육을 터프하게 마구 잡아당겨 풀더니 방송을 시작했다. 우리는 카메라에 안 잡히는 방 한구석에 얌전히 앉아 있었다.

　"안녕하세요, 아나키고고입니다. 잘 지내셨죠? 오늘은 헤어진 연인을 잊지 않기 위해 전 여자 친구의 이니셜과 무슨 문장을 새기고 싶다는 정신 나간 제 친구와 함께하는 작업을 보여 드리겠습니다. 야, 너 무슨 문장이라고?"

엎드려 있는 남자가 작게 대답했다.

"템푸스 푸기트, 아모르……."

"뭐?"

"템푸스 푸트로, 아니, 푸기트, 아모르……."

"무슨 뜻일까요? '시간이 흘러도 사랑은 남는다'라는 뜻이랍니다."

나도 모르게 풋 웃음을 터뜨리고 말았다. 비웃을 생각은 아니었는데, 우락부락하게 생긴 남자의 이미지와 너무 맞지 않아 순간적으로 튀어나왔다.

"이건 무슨 소리죠? 사실 우리, 여기 고등학생 두 명이 와 있습니다. 타투 방송을 구경한다고 찾아왔는데요, 인사할까요?"

아나키고고는 우리 쪽으로 카메라를 돌렸다. 사전에 이야기됐던 게 아니라 너무 당황해서 눈을 굴리며 렌즈를 바라보는 것 외에 할 수 있는 게 없었다.

"솔이와 사랑입니다. 요새 애들은 이름이 다 예뻐요. 얘들아, 인사해."

나는 얼결에 고개를 꾸벅 숙였고 솔이는 손을 흔들었다. 채팅창 댓글 올라가는 속도가 빨라졌다.

"오, 사랑아. 사람들이 너 귀엽게 생겼대. 솔이는 남자냐고 하는데? 아닙니다. 여자예요. 타투이스트를 꿈꾸는 친구입니다. 그럼 오늘 온 김에 스케치, 그러니까 전사 작업을 좀 같이 해 볼까요? 오늘은 도안 없이 바로 몸에 스케치를 진행하겠습니다. 이런 즉흥적인 방식을 좋아하는 분들이 또 있더라고요. 도안으로 따기 귀찮아서 그런 건 결코 아니고요……. 스케치는 타투가 아니니 법에 저촉되지 않겠지요? 솔아, 해 볼래?"

솔이가 고개를 필사적으로 흔들었다.

"완전 해 보고 싶다고 하네요?"

아나키고고는 우리 곁으로 와서 마이크를 막고 작은 목소리로 "걱정하지 마, 실수해도 돼. 고칠 수 있어" 하고 속삭였다. 솔이는 약간 정신 나간 헝겊 인형처럼 카메라 앞으로 끌려 나갔다. 곧 LED 램프의 환한 빛이 엎드린 남자의 등에 떨어졌다. 심하게 떨던 솔이의 손이 펜을 잡자 점차 안정되기 시작했다. 솔이가 매일 여러 도안들을 그려 보고 캘리그라피를 연습한다는 건 알고 있었다. 검은색으로만 이뤄진 간단한 문장이라 어려울 것 같진 않은데 다른 사람의 피부라는 게 긴장될 것 같다.

"잘하네. 어, 이쪽 방향으로. 그렇지. 여러분, 이건 아무나 시켜 보는 게 아니고 제가 이 친구가 연습 많이 하는 거 알고 있거든요. 오해 없으셔야 합니다. 미래의 타투 꿈나무예요."

섬세한 솔이의 펜 끝에서 'TEMPUS FUGIT, AMOR MANET'

라는 라틴어 문장이 완성됐다. 새삼 솔이의 능력에 감탄했다.

"원래 있는 폰트 쓰는 것보다 느낌 있죠? 옆에 꽃도 하나 그리고. 앞으로 시간 나면 와서 샘플 도안 좀 만들어라. 잘하네."

"뭐 이렇게 짧아?"

엎드린 남자가 웅얼거렸다. 아나키고고는 등 전체와 날개뼈 위에 놓인 글귀를 휴대폰으로 찍어 남자에게 보여 줬다.

"이니셜은?"

"야, 이니셜 같은 소리 한다. 너 헤어진 지 얼마나 됐어?"

"······일주일."

"일 년 후에도 같은 이니셜을 새기고 싶으면 그때 다시 와. 나중에 커버업 해 달라고 힘 쓰게 하지 말고. 여러분, 제발 헤어진 사람 이름이나 얼굴로 타투를 해 달라고 하지 마세요. 백이면 백 다 후회해요. 제가 어떤 일이 있었냐면 말이죠······."

채팅창에 헤어진 경험담과 망친 타투 경험담이 마구 올라오며 열렬한 호응이 이어졌다. 전혀 모르는 사람들끼리 가장 개인적인 이야기를 저렇게 신나게 하고 세상 둘도 없는 친구처럼 공감하고 웃고 떠드는 걸 직접 보니 더 신기하다. 내가 저렇게 사람들의 중심이 될 수 있을까. 유튜버 1인 방송인은 사회자 같은 면이 있다. 대화를 나누는 사람들과 소통하며 동시에 자신이 던진 주제에 귀 기울이도록 유도한다. 반 아이들의 대화에도 끼기 힘들어 구석에 있는 내가 온라인에서 아무리 대변신을 한다 하더라도 저런 리더십이나 언변이 하루아침에 생길 것 같지 않다. 온라인은 오프라인과 다른 방식의 세계라고 생각했는데 아닌 것 같다. 오프라인에서 웃기는 사람이 온라인에서도 웃기는 거고, 오프라인에서 사람들을 잘 아우르는 사람이 온라인에서도 시청자들을 잘 아우르는 거다. 아나키고고의 성격은 오지랖 넓고, 재밌고 유쾌한 동시에 차분하고 섬세하다. 온, 오프라인 둘 다 그렇다. 콘텐츠에 대한 고민을 하기 이전에 내가 유튜버를 할 만한, 주목받을 만한 존재인지를 먼저 고려해야겠다.

아나키고고는 잡담 사이사이 바늘이며 잉크며 전문적인 것들을 설명하며 방송을 이어 갔다. 솔이는 학교에서 본 적 없는, 반짝이는 눈으로 그걸 바라보고 있다. 좋겠다. 모두 부럽다. 분명한 꿈이 있는 솔이도, 꿈을 이루고 키워 나가는 아나키고고도, 몸에 영원히 남을 문장을 새기고자 하는 저 결단력 있는 남자도. 막연히 바라보고 가리켰던 방향에 내가 도달할 방법이 없다는 것을 갑작스레 깨달았다. 하지만 그에 대해 노력해 본 기억이 없기에 슬프지도 않다. 그냥 조금 쓸쓸하다. 그리고 나의 작은 쓸쓸함이 또 한 번 쓸쓸하다.

#확산

인생은 괴상하다. 귀가 먹어 한 박자 느린, 심술궂은 할머니 같다. 이런 식의 대화랄까.

오사랑: 저기요, 유명해지고 싶다던 거 취소요.
인생: 뭐라고?
오사랑: 취소요, 취소.
인생: 뭐라고? 유명해지고 싶다고?
오사랑: 아니, 그거 취소라고요.
인생: 옹야~

유튜버를 포기한 날, 자고 일어나니 유명인이 되어 있었다. 늦잠 자서 휴대폰도 확인하지 못하고 등교를 했다. 교실에 들어가니 반 분위기가 이상하다. 나를 흘끗거린다. 내 뒤에서 누가 춤이라도 추다 내가 돌아보면 딱 멈추고 딴청을 하는 것처럼. 그리고 솔이에게 문자가 왔다.

페북 확인해 봐.

화장실로 들어가 문을 잠그고 휴대폰 데이터를 활성화하자마자 미친 듯이 알림이 울리기 시작했다. 너무 울려서 휴대폰이 정지되어 버릴 정도였다. 밤새 친구 신청이 만 명이 넘었고 신고도 몇천 개에 달한다. 1교시를 알리는 수업 종소리가 울렸지만 교실로 돌아갈 수 없었다.

나와 솔이의 사진도 엄청나게 공유되었다. 사진에 달린 댓글들 또한 몇백 개다. 우리 사진 중 하나가 페북지기 초이스로 선정돼 있었다. 십 대의 사랑, 십 대의 커밍아웃이란 주제로. 본인에게 알리지도 않고 이렇게 올리는 게 가능한 건가? 아니 무엇보다 내가 어쩌다 페북 초이스가 된 거지? 솔이에게 문자를 보냈다. 화장실로 빨리 오라고. 잠시 뒤 솔이가 내가 있는 칸의 문을 두드렸다.

"어떻게 된 거야?"

"아나키고고 오빠가 유튜브 방송 업로드 할 때 태그로 너랑 내 페북을 걸었어. 근데 누군가 일부러 우리 사진을 각종 커뮤니티에 공유한 것 같아."

"어떡해?"

"일단 페북 정지시켜 놔. 나도 그랬어."

페북에 들어가 탈퇴 버튼을 찾았지만 보이지 않는다. 당황해서 그런지 더 안 보인다.

"탈퇴는 바로 안 돼. 고객센터에 신청해야 돼. 일단 계정 비활성화부터 하자. 줘 봐."

솔이가 내 휴대폰을 가져갔다.

"너 이거 댓글이랑 읽었어?"

"아니, 너무 많고 당황해서……."

"잘했어. 일단 내가 정지해 둘 건데 다시 들어가지 마. 악플 장난 아니야."

"왜 그런 거야? 뭐야? 사람들 미친 거 같아."

"여고생 레즈비언 커플 이런 거로 올라가서 그래. 사람들 그런 거 보면 미친 듯이 달려들잖아. 학교랑 전화번호, 졸업 앨범 뭐 다 털렸어. 어떻게 알았는지 주소랑 부모님 직업 이런 것까지 알려진 것 같아."

"어떡해, 솔아, 나 너무 무서워."

눈물이 쏟아졌다. 애들은 그렇다 쳐도 우리를 보호해 줘야 할 어른들이 더 나서서 이런다는 게 믿기지 않았다. 자책감이 밀려왔다. 괜히 나 때문에, 내가 솔이와 내 사진을 올리고 보란 듯이 커플임을 알리고 글을 써서 이런 일이 벌어졌다. 나는 그냥 괜히 뒤에서 쑥덕대는 반 애들에게 오기로, 뭐 죄짓는 것도 아닌데 하는 마음으로 한 것뿐인데. 아니다. 솔직히, 관심받고 싶었다. 사람들이 와서 봐 줬으면 하는 마음에 내 감정을 전시한 거다. 어느 정도 이슈가 될 거란 걸 아예 모른 것도 아니다. 관종의 최후다. 원한 대로 엄청난 관심을 받고 있지만 이런 무서운 일로 그렇게 될 줄은 상상하지 못했다. 멍청한 내 상상력의 한계다.

"반 애들도 알아?"

"너 학교 올려놨잖아……. 애들 많이 봤을 거야."

"어떡해. 솔아 미안해."

"……너무 걱정하지 마. 며칠 이러다 말겠지. 남의 일에 그렇게 오랫동안 관심 갖지 않을 거야."

계속 울기만 하는 나를 솔이가 달래는 동안 1교시 마치는 종이 울렸다. 복도로 나오자 아이들이 다 우리만 쳐다보는 것 같다. 눈물과 콧물로 축축해진 휴지를 손에 쥐고 교실로 돌아가는데 어떤 남자애가 내 옆을 지나가며 우엑 소리를 낸다. 돌아보니 같은 반 애다. 수치심과 모멸감이 느껴졌다. 여기서 울면 안 되는데 눈물이 터져 나왔다.

"야, 왜 울어? 누가 보면 내가 울린 줄 알겠네."

낄낄 웃으며 그 애는 교실로 들어갔다. 나는 교실로 돌아갈 용기가 나지 않았다. 누군가에게 발가벗겨진 채 아이들 앞에 서 있는 기분이다. 이대로 이곳을 벗어나고 싶다.

나는 그렇게 했다.

#개근의 의무

집으로 돌아와 정신없이 울었다. 등록되지 않은 번호로 자꾸 전화가 왔다. 전원을 꺼 버렸다. 침착해지려 애쓰며 지금의 상황을 벗어날 몇 가지 방안을 생각해 봤다.

1. 전학: 어차피 소문 다 나서 전학 가도 다 알듯.
2. 자퇴: 아빠 엄마가 허락해 줄까?
3. 가출: 가출을 하면 어디로 가서 무엇을 해야 하지?
4. 이민: 돈이 없다. 할 줄 아는 외국어도 없다.
5. 자살: 아픈 건 싫고 무섭다.

게다가 3번과 5번을 빼면 아빠 엄마의 적극적인 협력이 필요한데 그러려면 내게 있었던 일을 다 알려야 하고 솔이와의 관계, 내 감정도 말해야 한다. 그건 너무 싫다. 아무리 생각해도 3번뿐이다. 솔이가 동의해 줄까. 솔이는 집에 별로 애정이 없는 것 같았는데. 솔이는 부모님 이야기를 통 하지 않는다. 울다 잠시 잠이 든 것 같다. 문이 벌컥 열리는 소리에 일어나 보니 엄마가 눈앞에 서 있었다.

"일어나, 오사랑."

얼굴 위로 이불을 뒤집어썼다.

"이게 지금 뭐 하는 거야? 무단 조퇴 했다며? 엄마가 얼마나 놀랐는지 알아?"

엄마는 이불을 잡아당기고 나를 일으켰다. 다시 눈물이 나기 시작했다.

"무슨 일이 있으면 담임 선생님이랑 상담을 하거나 엄마한테 말을 해야지. 갑자기 학교에서 휙 나와 버리는 게 말이 돼? 엄마가 학교에서 연락받고 집에 너 있는지 확인하러 오는데 얼마나 심장이 터질 것 같았는지 알아? 휴대폰은 꺼져 있지, 무슨 일인지 말도 안 해 주지. 나이가 몇인데 이렇게 철이 없니? 얼른 일어나, 가자."

"가긴 어딜 가?"

"어딜 가냐니? 학교지. 이런 식으로 학교 그냥 나와 버리는 거 엄마 용납 못 해. 다시 돌아가서 수업 마치고, 가방 들고 와. 그리고 무슨 일이 있어도 다시는 이런 짓 하지 마."

"싫어! 학교 안 갈 거야."

"오늘 안 가면 내일은? 모레는? 영원히 안 갈 거야?"

"어, 영원히 안 갈 거야. 자퇴할 거야."

눈앞이 번쩍했다. 얼떨떨했다. 잠시 후 엄마한테 뺨을 맞았음을 깨달았다. 처음이다. 너무 놀라고 충격받아 눈물도 멈춰 버렸다. 엄마도 놀랐는지 한참을 가만히 서 있다가 자리에 주저앉았다. 엄마가 미안하다며 사과했다. 뺨을 때린 것도, 때리고 나서 사과하는 것도 다 엄마 같지 않았다. 우리는 한참을 말없이 그렇게 있었다. 엄마가 일어나며 말했다.

"그래도 학교는 가야 해. 일어나."

엄마 차를 타고 학교로 향했다. 사라져 버리고 싶다. 하지만 엄마에게 어떻게 말해야 할지 모르겠다. 엄마는 예전부터 학교 잘 다니고 개근하는 걸 중요하게 여겼다. 성적 갖고 뭐라 한 적은 없지만 조금 아프다고 조퇴하거나 결석하는 건 용납하지 않았다. 거의 집착에 가까웠다. 마치 한 번이라도 쉬고 나면 다시는 학교로 돌아갈 수 없는 것처럼 굴었다.

'백 권의 책에 쓰인 말보다 한 가지 성실한 마음이 더 크게 사람을 움직인다.-벤저민 프랭클린'

엄마가 메모지에 써서 내 방문에 붙여 둔 문장이었다. 때문에 학교에서 엎드려 잘지언정 지각, 조퇴, 결석은 하지 않았다. 초등 6년, 중등 3년, 그리고 바로 어제까지 고등 1년 몇 개월 개근이었다. 개근상이 없어진 지 오래됐지만 엄마는 날 자랑스러워했다. 지금 학교로 돌아가면 난 외출 처리가 되어 생기부는 다시 깨끗해질 거다. 하지만 지금 그게 중요한 게 아닌데. 운전하는 엄마의 굳은 옆모습을 바라보며, 만리장성보다 길고 높은 운전석과 보조석 사이의 벽을 실감했다.

엄마는 아무것도 모른다. 하긴 내가 말해 주지 않았지만. 나도 엄마에 대해 아무것도 모른다. 엄마도 내게 말해 주지 않았다. 남보다도 못하다. 그래, 나는 떠날 거다. 학교로 돌아가 내 가방을 챙겨 돌아올 거고, 내일이든 며칠이든 학교에 다니겠지만 준비되면 떠날 거다. 집도, 엄마도, 학교도, 이 도시도. 그렇게 생각하자 마음이 차분해지며 냉정해졌다. 도리어 아무것도 모르는 엄마가 가여웠다.

학교에 도착해 곧장 교실로 향했다. 자리로 가자마자 엎드렸다. 아이들과 선생님은 약속이라도 한 듯 아무 말 하지 않았다. 엄마는 담임을 만나러 교무실로 갔다.

오늘 하루가 너무 길다.

#거제도든 태국이든

그날 저녁, 초등학교를 졸업한 이후 처음으로 바닥에 무릎을 꿇린 채 아빠와 엄마한테 혼이 났다. 엄마는 담임한테서 이런저런 이야기를 들은 모양이다. 혼내는 걸 잘 못하는 아빠는 내가 무릎 꿇는 시간이 길어지자 안절부절못하며 엄마의 눈치를 봤다. 다리에 쥐가 났지만 동상처럼 앉아 땅만 바라봤다.

"솔이랑 너랑 사귄다는데 그게 무슨 말이야?"

"그냥 우연히 친해진 건데……. 관심받고 싶어서 페북에 사진을 올린 거야."

"레즈 커플이라고?"

"……응."

"그걸로 애들이 놀려서 학교 뛰쳐나온 거고?"

"맞아."

엄마가 한숨을 푹 쉬며 눈을 감았다. 최대한 엄마가 듣고 싶은 이야기를 해 주고 이 자리를 마무리하고 싶은 생각뿐이다.

"페북에 커플이라고는 왜 그런 거야?"

"그냥 화제가 돼서 온라인 친구가 많아지면 좋을 것 같아서……."

"……엄만 정말 이해를 할 수가 없다."

"페북도 삭제했고 이제 다시는 안 그럴 거야. 나도 그렇게까지 소문나고 그럴 줄 몰랐어."

"진짜 아닌 거야?"

"아니라니까."

엄마한테 진실을 말할 수는 없었다. 엄마는 또 분명히 '엄만 정말 이해를 할 수가 없다'고 말할 테니까. 불필요한 진실이 불필요한 관심과 걱정을 낳을 거다.

"앞으로 일주일 동안 너 휴대폰 압수야. 지웠다고 하고 반성하는 거 같으니까 이 정도에서 끝나는 거야."

"여보, 일주일은 너무 길지 않아요? 요새 휴대폰 없으면 아무것도 못 하는데."

"당신은 좀 가만히 있어요. 오사랑, 알았어?"

고개를 끄덕였다.

"그리고 솔이 걔 데려와. 엄마가 한번 보게. 어떤 애인지 만나 봐야겠어."

솔이를 집으로 데려오라고? 헛웃음이 나왔지만 그저 고개를 끄덕였다.

"오사랑, 처음이라 이렇게 넘어가는 거야. 다시는 학교에서 그렇게 중간에 뛰쳐나오지 마. 담임 선생님 말씀 들어 보니 왕따를 당한 것도 아니고 평소에 아무 문제 없었다며. 페북 같은 건 왜 해 가지고 이상한 소문이나 만들고 혼자 상처받고…… 정신 좀 차리고 살자. 공부 열심히 하라고 안 하잖아. 그냥 보통으로만 다니다 졸업해."

"보통이 뭔데?"

"뭐?"

방심했다. 난 다시 열심히 고개를 끄덕였다. 보통의 기준이 뭔지도 모르겠고 담임이 나에 대해 얼마나 아는지도 모르겠지만 그냥 열심히 고개를 끄덕였다. 엄마와 나 사이의 만리장성은 대화 몇 마디로 해결될 문제가 아니다.

"당신도 한마디 해요."

아빠가 졸다 깬 사람처럼 흠칫 놀랐다.

"사랑아, 마카롱 사 줄까?"

"당신 무슨 소리 하는 거예요. 나 참 도움이 안 되네. 맥주나 한잔 마셔야겠다."

엄마가 한숨을 쉬며 부엌으로 가 버렸다. 아빠가 다시 물어봤다.

"전에 네가 근처에 마카롱 가게 생겼다고 가고 싶다며."

"지금 가면 다 품절되고 없어."

"그래? 그럼 아빠랑 주말에 가자. 엄마가 걱정돼서 그러는 거니까 너무 속상해 마."

아빠한테 미안하다. 난 이제 떠날 건데. 엄마는 아빠 아닌 다른 사람을 사랑하고 있을 수도 있는데. 과거도 다 숨긴 건지도 모르는데. 그 사실을 아빠가 알게 되면 얼마나 슬플까. 주말에 마카롱 정도는 같이 먹고 떠날까.

"마카롱 꼭 사 줘."

내 말에 아빠는 기뻐했다. 떠난다는 생각에 후련했던 마음이 갑작스레 닻처럼 무거워진다. 마음이 더 약해지기 전에 내 방으로 돌아왔다. 솔이는 뭐 하고 있을까. 솔이도 페북 보고 많이 놀랐을 텐데 우는 나를 필사적으로 달래 줬다. 미안하고 고마운 마음이 든다. 둘이 떠나면 어디로 가게 될까. 일단 아주 멀리 가야지. 기차를 타야지. 낯선 마을의 카페에서 일해야지. 집에다가는 잘 지낸다고 편지를 써야지. 물론 내 주소는 쓰지 않고. 한적한 섬마을의 바닷가 카페에서 일하는 우리의 모습이 영화 속 한 장면처럼 그려졌다.

그래, 차라리 잘된 거다. 학교엔 애초에 흥미도 없었고 대학을 간다 한들 뭐 대단한 직업을 가질 거라고 생각하지도 않았다. 그냥 좀 일찍 사회로 나간다고 생각하면 되는 거다. 우리 힘으로. 평생 솔이와 함께, 욕심 부리지 않으면 어떻게든 살아 나가겠지. 함께하는 미래에 대한 생각이 솜사탕처럼 구름처럼 몽실몽실 커지기만 한다. 유튜버 같은 거 말고, 이게 내 진짜 꿈이다. 솔이를 만나고 꿈을 찾았다. 솔이가 내 꿈이다. 마음이라는 게 짧은 시간에 이렇게나 깊어질 수 있다는 사실이 놀라웠다.

다음 날 운동장 계단에 앉아 솔이에게 집을 떠나자고 말했다. 솔이는 놀라지도 않고 고개만 천천히 끄덕끄덕했다. 네가 정 그러고 싶으면 같이 가 주겠다고. 나는 너무 기뻐 팔짝팔짝 뛰었다.

"그런데 갈 곳은 내가 정해도 돼?"

솔이가 갑자기 물었다. 의외다. 이래도 좋고 저래도 좋다고 하는 솔이가. 냉큼 고개를 끄덕했다.

"태국으로 가자."

"뭐 태국? 태국은 왜?"

해외는 생각해 보지 않았는데. 갑자기 태국이라니 너무 스케일이 크다. 놀랐지만 감탄하는 마음이 더 컸다. 내가 해 본 해외여행이라곤 중학교 때 졸업 여행으로 일본에 다녀온 게 전부인데.

"전에 태국에 갔는데, 음……. 일단 태국은 타투 천국이야. 무비자 3개월이고 국경 나갔다 다시 들어오면 또 비자 체류 기간이 늘어나는 점도 좋고, 만 16세가 넘으면 보호자 동의 없이도 일할 수 있어."

"태국 가 봤어? 와, 또 어디 어디 가 봤어?"

"동남아 쪽은 베트남과 라오스. 유럽 쪽이랑 미국 여기저기······.”

“너희 집 부자구나. 거리감이 느껴질라 그래.”

“아빠가 빈티지 오디오 수입을 하셔서 어릴 적에 많이 따라다녔어.”

어쩐지 솔이가 가진 어딘가 자유롭고 느슨해 보이는 분위기는 잦은 여행 때문이구나 싶다.

“사실 졸업하면 가려고 생각하고 있었어. 돈 모으는 중이고. 일단 비자 준비 안 해도 되고. 넌 돈 얼마나 있어?”

아차, 이럴 수가. 가출을 계획했음에도 구체적으로 돈에 대해 생각해 본 적이 없다. 정신이 번쩍 든다. 내가 가진 돈이라곤 명절에 받은 용돈을 모아 둔 통장의 오십만 원 남짓이 전부다.

“넌 얼마 있는데?”

“한 삼백만 원쯤 모았어.”

“야, 너 진짜 부자다.”

“삼백만 원이 뭐가 부자야? 비행기표만 해도 얼만데······. 넌 얼마 있는데?”

“어?”

“별로 없지?”

“응······.”

엄마의 통장 비밀번호가 머릿속을 스쳐 간다. 이건 좀 아닌 것 같은데.

"당장 떠나는 건 어렵겠다."

"솔아, 우리 그냥 국내로 가면 안 돼?"

"태국은 오래전부터 준비하고 생각한 거야. 좀 앞당겨질 순 있지만 그냥 그런 가출 같은 건 하고 싶지 않아."

"왜? 타투는 한국에서 배워도 되잖아."

"아냐, 멀리 가야 해. 아무도 찾을 수 없는 곳으로 가는 게 중요해."

"그러니까 그 이유가 뭔데?"

솔이는 대답하지 않았다. 그 침묵 속에서 뭔가 단단한 결심 같은 게 느껴졌다. 우리는 침묵 속에 한참 그대로 서로의 눈을 바라봤다. 잠시 뒤 달래는 듯한 말투로 솔이가 말했다.

"우리가 오래 같이 있으려면 한국에서는 힘든 거 알잖아."

"그 말은……."

"난 우리가…… 오래 같이 있었으면 좋겠어. 한국에선 나중에 제도적 문제도 있고 사회적 시선도 평생 따라다니고……."

말끝을 흐리는 솔이의 목소리 너머 그 뜻이 비로소 이해됐다. 거기까지 생각해 본 적은 한 번도 없었다. 난 그냥 솔이가 좋고 함께 있고 싶지만 제도니 시선이니 그런 걸 진지하게 생각하진 않았다. 솔이는 나보다 더 오래전부터 그런 고민을 한 게 틀림없다.

"무엇보다, 우리 아빠는 내 성향을 알게 된 후로 내게 말을 한 마디도 안 걸어. 나를 투명인간 취급해. 지금도 집에 머무는 시간이 적긴 하지만, 내가 불편해서 더 집에 안 들어오는 것 같아. 내가 떠나는 게 맞는 것 같아. 사랑이 네가 이런 부분까지 지금 생각하는 게 무리라면 강요하진 않을게. 그렇지만…… 그렇다면 나는 지금 너와 갈 수 없어."

거기까지 이야기하고 솔이는 입을 다물고 눈을 깔았다. 태국이라…… 생소한 나라다. 하지만 내게 낯설기로 치면 거제도나 태국이나 다를 게 있을까.

"아냐, 나도 갈래. 솔아, 어디든 상관없어. 태국 가자."

"정말이야?"

세차게 고개를 끄덕이며 나의 의지를 보여 줬다. 솔이는 순식간에 나를 껴안고 내 뺨에 자기 뺨을 갖다 댔다. 가족 외의 타인에게 이렇게 친밀한 스킨십을 받은 건 처음이다. 솔이의 뺨은 믿을 수 없게 부드럽고 따뜻하다. 심박 수가 치솟는 게 느껴진다.

"고마워."

솔이는 나를 안고 여러 번 고맙다고 말했다. 왜 고맙다고 하는 거지. 가출하자고 한 건 나인데. 어쨌거나 솔이가 무척 기뻐한다는 걸 알 수 있었다. 그리고 우리가 완벽한 한 팀이 된 기분이 들었다.

우리는 조금 더 시간을 갖고 세세한 계획을 짜기로 했다. 일단 내가 돈이 없으니 알바를 구해야 한다. 겨울 방학 때 나가는 것을 목표로 어학 공부도 하기로 했다.

멀찌감치에서 우리를 따라다니는 아이들의 시선이나 수 군거림은 이제 신경 쓰이지 않는다. 걔네들은 이제 내게 상처 줄 수 없을 거다. 나는 이미 여기에 없는 사람이니까. 자살하 는 사람들이 죽음을 결심하고 실행에 옮기기까지 얼마나 삶 에 초연할 수 있는지 알 것 같다. 모든 것이 얇은 막 너머에서 일어나는 일 같겠지.

"근데 솔아, 아빠가 그러셨다면…… 엄마는…… 뭐라고 하 셨어? 너희 엄마도 아시는 거지?"

조심스레 솔이에게 물었다. 솔이는 눈을 몇 번 깜빡이더니 먼 곳을 보며 재빠르게 대답했다.

"엄마는 같이 안 살아."

"아 이혼하셨구나. 미안……. 난 그냥."

"엄마는 엄마 여자 친구랑 살고 있어."

무슨 말을 하기도 전에 수업 종소리가 울렸고, 솔이가 벌 떡 일어섰다.

"나중에 얘기하자. 먼저 들어간다."

사라지는 솔이의 뒷모습에 기분이 멍해졌다. 정말 몰랐다. 성적 지향성은 유전이 아니라던데. 그렇지만 그 무엇보다 말 한 마디도 걸지 않는다는 아빠와 단둘이 지내는 솔이를 생각 하니 마음이 저려 왔다. 그리고 우리 아빠나 엄마도 내가 솔 이를 사랑한다는 걸 알게 되면 말 한 마디도 걸지 않으려나 싶어 마음이 더 저릿해졌다.

하지만 강해져야 한다, 고 의식적으로 생각했다.
이런 감정, 살면서 아마 백만 번은 더 겪을 테니까.

#아르바이트

전단지 아르바이트를 구했다. 이것저것 따지지 않고 나를 채용해 준 유일한 일자리였다. 내가 태어나, 오롯이 내 결심과 행동력만으로 어떤 목표에 이르기 위해 결정한 최초의 행위이기도 했다.

"하도 그만두는 애들이 많으니, 못 나오면 적어도 하루 전에는 알려 줘."

나와 같은 알바생들에게 수도 없이 같은 말을 해서인지 마치 로봇처럼 보이는 아저씨는 세 뭉텅이의 전단지를 주며 이야기했다.

"전단지 버리는 애들 내가 다 찾아낸다. 걸리면 벌금 오만 원에 그날 일당 날아가는 줄 알아."

일당은 그날 지나가는 사람들에게 나눠 준 총 전단지 개수로 계산되기 때문에 최고 효율을 위해 보통 세 개의 다른 전단지를 한꺼번에 돌린다. 손에 한 뭉텅이를 들고, 왼쪽 가방에 한 뭉텅이, 오른쪽 가방에 한 뭉텅이가 들어 있다. 세 장을 잽싸게 겹쳐 최대한 많은 사람들 손에 들려 주는 게 포인트다.

"잘 안 받으니 최대한 밝고 싹싹하게 인사하는 게 요령이고, 안 그만두고 잘하면 한 달 후에 물티슈 나눠 주는 걸로 승진시켜 준다."

"물티슈가 왜 승진이에요?"

"사람들이 잘 받아 가거든. 몇 개씩 달라고도 하고. 좀 무겁긴 해도 몇 배나 빨라."

아저씨는 이 구역 전단지는 자기가 다 관리하니 여기서 문제를 일으키면 어디서도 이 일을 할 수 없다고 했다. 나는 아저씨 번호를 '이 구역 전단지 짱'이라고 저장했다. 카톡 프로필에 아주 비싸 보이는 외제차가 떴다. 과연 이 구역 전단지 짱이라는 생각에 조금의 존경심이 생겼다.

전단지를 나눠 주는 건 단순하고 참 쉬워 보였는데 생각보다 열 배 백 배는 더 힘든 일이었다. 무엇보다 유동 인구가 많은 역 앞에서 무거운 가방 두 개를 메고 전단지를 들고 쩔쩔매고 있는 나를, 학교 애들이 볼까 싶어 너무 신경이 쓰였다. 사복에 모자와 마스크까지 썼지만 나를 아는 사람이라면 금방 눈치챌 거다. 솔이에게 이야기하니 그게 어때서 그러냐며 전혀 이해하지 못한다.

"쪽팔려."

"그러니까 전단지를 나눠 주는 게 왜 쪽팔려?"

"전단지를 나눠 주니까."

"그게 왜?"

"쪽팔리니까."

대화가 되지 않았다. 솔이는 공감은 못 하지만 전단지를 나눠 줄 때 들으면 좋은 음악을 선곡해 줬다. 크게 도움이 되었어, 친구……

많은 사람들이 전단지 뭉텅이를 손에 쥔 나를 전염병자 피하듯 멀리서부터 빙 둘러 지나갔다. "안녕하세요, 하나만 받아 주세요, 감사합니다." 처음엔 이 말도 입 밖으로 나오지 않아 우물거리기만 했다. 첫날 내가 네 시간 동안 돌린 전단지는 백 세트, 즉 삼백 장이 채 되지 않았다. 장당 오십 원으로 만오천 원이 전부였다. 시간당 사천 원도 안 되었다. 최저 시급을 생각하면 말도 안 되는 금액이다. 이렇게 해서 언제 돈을 모으지. 절망감에 휩싸였다. 아저씨는 만오천 원을 받고 망연자실한 내게 익숙해지면 점점 나아질 거라고 격려 비슷한 말을 해 주었다. 격려하지 말고 최저 시급을 주면 안 되나요,라는 말이 목구멍까지 차올랐으나 씨도 안 먹힐 것 같아 그만두었다.

다음 날부터 마스크를 턱으로 내리고 눈을 질끈 감고 큰 목소리로 하나만 받아 주세요,를 외쳤다. 나를 피해 가는 사람들을 쫓아가 억지로 쥐여 주기도 했다. 나는 곧 떠날 사람. 쪽팔린 것은 문제가 아니며 떠나기 위해선 용감해져야 한다는 결심이 용기를 줬다. 내 커다란 목소리에 깜짝 놀란 사람들이 얼결에 전단지를 받았다. 물론 그냥 지나가는 사람들이 훨씬 많았지만 첫날보다는 훨씬 나았다. 둘째 날 이만 원 조금 넘게 받았고 셋째 날에는 횡단보도에 서 있는 사람들에게 거의 애원하다시피 전단지를 쥐여 주며 삼만 원을 넘겼다. 뭐든 하면 할수록 느는구나. 그 단순한 깨달음이 큰 힘이 되었다.

나는 점차 역 출구 앞에만 머물지 않고 전단지 받아 줄 사람을 찾아 적극적으로 활동 범위를 넓히기 시작했다. 매일 오후 다섯 시부터 밤 아홉 시까지 전단지를 돌렸다. 집에 돌아오면 씻지도 못하고 곯아떨어졌다. 아빠와 엄마는 의아하게 여겼으나 학교에서 팀별로 영상을 제출해야 하는 과제가 있어 당분간 늦는다고 말해 두었다.

"우리 딸, 요새 전국에서 제일 바쁜 고등학생 같네."

아빠는 기특해하면서 안타까워하는 표정으로 내 등을 두드리며 말했다.

"공부에 지장을 줄 정도로 하는 거 아니니?"

엄마의 말에 요새는 학종으로 대학 가는 시대라고, 나는 지금 학생기록부가 너무 비어 있어서 공부보다 이게 더 중요하다고 하니 엄마가 눈을 빠르게 깜빡이며 혼란스러운 표정을 지었다.

"열정적으로 뭔가를 한다는 게 중요하지."

아빠의 말에 잽싸게 덧붙였다.

"이걸 안 한다고 내가 공부를 더 하는 것도 아니잖아."

다행히 아빠와 엄마는 내 마지막 말에 매우 동의했다. 아무것도 모르는 아빠 엄마를 보며 미안한 기분이 들었지만, 비밀이 생기면서 어른이 되어 가는 거라는 솔이의 말이 떠올랐다.

매일매일 알바로 피곤이 쌓이자 학교 수업은 뒷전이 되었다. 등교하자마자 엎드려 잤고 눈을 뜨면 점심시간이었다. 교무실에 불려 가 상담도 받았지만 솔이와의 스캔들이 터진 뒤라서 그런지 선생님들은 나를 조심스럽게 대했다.

학교에서 나는 어느새 은따가 되어 있었다. 유령 같은 존재. 내게 먼저 말을 거는 아이도 없었고 조를 짜거나 체육 시간에 짝을 지을 때도 언제나 혼자였다. 나는 주문처럼, 곧 떠날 거니까 하고 중얼거리곤 했다. 지금은 내게 잉여로 주어진 시간일 뿐 내 진짜 인생이 아니다. 내 인생은 이미 태국에 가 있다. 솔이와 함께하는 삶, 솔이의 곁에서 새로운 세상을 만날 삶. 영원히 끝나지 않을 것 같은 일상 속에서 우리의 계획만이 멀리서 빛나는 등대였고 희망이었다. 사막을 건너는 낙타처럼 꾸역꾸역 나는 하루하루를 살아 냈다. 견뎌 냈다.

그 무렵 솔이는 눈에 띄게 어두워져 갔다. 마치 불 꺼진 집과 같이 학교에서도, 가끔 밖에서 만날 때도 예전의 생기발랄한 표정을 보여 주지 않았다.

"아빠가 삼 주째 집에 들어오지 않아. 이제 완전히 떠난 건지도 몰라."

"어디 가신 건데? 전혀 연락도 없으셔?"

"일 때문에 독일에 가셨어. 해외로 나가셔도 보통 이 주 안에는 돌아오셨는데 이번에는 너무 길어."

솔이는 초조해 보였다. 늘 여유롭던 솔이 주변의 공기가 무언가 어긋난 것처럼, 곧 무너질 것처럼 아슬아슬하게 바뀌었다. 내가 곁에 있어 줘야 하지만 나 역시 알바를 하느라 바쁘다. 통장에 돈이 조금씩 착실하게 늘어 가고 있다. 조금 더 열심히 하고 싶었다. 내 힘으로 돈을 번다는 것은 힘들지만 기쁜 일이란 것을 깨달아 가는 중이었다. 솔아, 조금만, 조금만 참아. 마치 커다란 풍선이 부푸는 것처럼 세계가 팽창하고 있어. 지금의 시간이 우리를 먼 곳으로 데려다줄 거야.

#왕따와 은따의 차이

왠지 모르겠지만 시간이 갈수록 세영이는 내게 적대감을 드러냈다. 우리의 페북을 여러 사이트에 링크한 것 역시 세영이일 거라는 심증은 있지만 증거는 없었다. 세영이처럼 잘 꾸미고 친구도 많고 집도 잘사는 애가 대체 왜 나한테 이렇게 관심을 갖는지 알 수가 없다. 이제 나는 페북도 닫았는데. 페북이 털린 이후로 주소와 전화번호가 다 유출되어 솔이와 난 휴대폰 번호를 바꿨고 반 아이들에게 알려 주지 않았다. 물론 물어보는 애도 없었다.

처음엔 내 책상 근처를 지나가며 실수인 척 책상 위의 물건을 툭 쳐 떨어뜨리는 것으로 시작됐다. 그 소리에 놀라 일어나 물건을 줍고 고개를 들면 내 앞에 세영이가 서 있었다. 여러 차례 반복이 되고 나서야 실수가 아님을 알게 되었다.

세영이는 하루에도 몇 번씩 물건을 떨어뜨렸다. 나중에는 실수인 척도 생략하고 손으로 쳐서 떨어뜨렸다. 안 보고 안 듣고 무시하려 했지만 화가 나는 걸 참을 수가 없었다.

"지금 뭐 하는 거야?"

급식실에 다녀오자 책상 위의 모든 물건이 바닥에 떨어져 있었다. 도저히 그냥 넘어갈 수가 없었다.

"내가 뭐?"

세영이는 거울을 보며 화장을 고치다 눈을 동그랗게 뜨고 물었다.

"나한테 할 말이 있으면 제대로 해."

"너한테? 어머, 그러다 레즈비언 바이러스 옮으면 어떡해?"

세영이와 함께 다니는 애들이 까르르 웃음을 터뜨렸다. 머릿속이 부글부글 용암처럼 끓기 시작했다.

"초등학생도 아니고 유치하게 뭐 하는 짓이야? 내가 너한테 피해 준 거 있어?"

"존재 자체가 피해야. 더럽잖아. 에이즈 옮으면 어떡해."

"너 미쳤니? 네가 지금 무슨 말을 하는지 알아?"

"어, 완전 잘 알아. 내가 다니는 교회에서 동성애는 죄악이라고 배웠어. 너야말로 네가 뭘 하고 있는지 알아? 점심시간마다 이솔이랑 붙어 다니면서 속닥거리고 반 애들은 없는 존재 취급하면서 엎드려 잠만 처자는 게 얼마나 보기 불편한 줄 모르겠어? 선생님들도 너랑 이솔 싫어해. 전교생이 다 싫어해. 학교는 왜 안 그만두는 거야?"

침을 뱉듯 내게 말을 하는 세영이는 정말 혐오감에 치를 떠는 것처럼 보였다. 나는 할 말을 잃었다. 태어나 처음 맞닥뜨리는 압도적인 미움과 그 미움의 끝에 내가 있다는 사실이 충격이었다. 아이들이 웅성거리며 몰려들었다. 흥미진진한 아이들 표정을 보며 단 한 명도 내 편이 되어 주지 않으리란 걸 직감했다. 내가 무슨 말을 하든 조롱할 게 뻔했다.

잠자코 책상을 정리하자 세영이는 약 오른 표정으로 내 얼굴에 바짝 대고 말했다.

"초등학생처럼 괴롭혀서 유치하다고 했지? 그럼 이제부터 고등학생처럼 괴롭혀 줄게."

세영이의 숨결이 불쾌하게 한참 동안 공기 중에 남았다. 수업이 시작되고 책상에 엎드렸으나 잠이 오지 않았다. 눈물이 책상 위에 흥건하게 고였다.

"오사랑은 또 엎드려 있어? 옆에, 사랑이 깨워."

담임의 말에 짝이 내 어깨를 툭툭 쳤지만 일어날 수 없었다. 고개를 들면 내가 운 걸 반 아이들이 다 볼 테니까. 그러느니 차라리 죽는 게 낫다.

"오사랑, 오사랑, 일어나 봐."

담임은 책상으로 다가와 직접 나를 깨우기 시작했다. 나는 화석처럼 꿈쩍하지 않았다. 담임은 긴 한숨을 쉬었다.

"이따 끝나고 교무실로 와라."

오늘 하루는 너무 길다. 교무실에 들러 벌점을 받고 잔소리를 듣고도 끝나지 않았다. 알바도 하러 가야 한다. 모든 것을 다 포기하고 싶다. 다 싫고 다 지긋지긋하다. 잉여라고 생각한 이 시간들이 끝나지 않으면 어쩌지. 이렇게 길어지다 아무 데도 가지 못하면 어쩌지. 왕따인 채 고등학교를 간신히 졸업하고, 변변치 못한 대학을 가고 취업 준비생이 되어 월 이백만 원도 못 받는 직장에 간신히 들어가고 평생 솔이와의 관계를 조롱받으며……. 그냥 하루하루 늙어 가고 죽어 가는 날들만 남아 있으면 어쩌지. 절박함과 불안감이 지진처럼 나를 뒤흔들었다.

모자와 마스크를 착용한 채 전단지를 나눠 주며 아무도 모르게 울었다. 울음 섞인 내 목소리에 몇 사람이 돌아봤다. 하지만 그것으로 그만이었다. 아무도 날 구원해 줄 수 없다. 아무도 날 이해해 주지 않는다. 아무도 내게 손 내밀어 주지 않는다.

둘뿐이다.

솔이와 나.

우리 둘만이 이 세상에서 서로를 구원하고 서로를 이해하고 서로에게 손 내밀어 준다.

그렇다면 더더욱, 우리에겐 아무것도 필요치 않다.

#계획 변경

다음 날은 더 최악이었다. 내 책상은 교실 맨 뒤로 옮겨져 있었고 교과서와 물건들은 찢어지고 부서진 상태로 재활용 쓰레기통 안에 들어 있었다. 책상 옆에 서서 멍하니 바라만 보았다. 나한테 왜 이러나 싶은 마음뿐이다. 내가 솔이를 사랑한다는 마음이 이렇게까지 배척당할 일인가. 평생 이런 것들을 겪으며 살아야 하는 건가. 엄청난 피로감이 몰려왔다.

이 일을 담임에게 알리면 학폭위가 열리고, 애들은 솜방망이 같은 처벌을 받고 나는 위 클래스에 나가야겠지. 나를 위한 해법은 아니다. 그냥 평소대로 견디는 수밖에 없다. 그런데 너무 힘들다. 어차피 떠날 거니까 하는 마음이 이제 잘 도움이 되지 않는다. 사실 모든 상처가 언젠가 나을 거란 걸 알지만 다친 순간 아픈 것처럼 아이들의 눈빛, 공기, 모든 것이

살갗을 베이는 것처럼 아프다.

　그동안 친한 친구는 없었지만 미움받아 본 적도 없다. 인기가 많은 아이들을 부러워하며 한번쯤은 저렇게 되고 싶다고 생각했다. 왕따가 될 거라고는 상상해 본 적도 없다. 솔이처럼 내면이 단단하고 남의 시선 따위 신경 쓰지 않는다면 모를까 이 모든 일이 내게는 너무 벅차다. 교실 안, 나를 거부하는 등 돌린 마흔 명의 아이들이 다 두렵고 무섭다.

　무너지듯 자리에 앉았다. 어제보다 더 길고 긴 하루가 시작되고 있다.

　이어폰을 꺼내 귀를 막았다. 귀를 후벼 파는 시끄러운 음악 소리가 세상과 나를 차단시켰다. 학교에서 자살하는 아이의 마음을 알 것 같다. 저 애들의 눈앞에 너희들이 내게 한 일이 뭔지 똑똑히 보라고, 절대 지울 수 없는 죄책감을 안겨 주고 싶은 증오가 치밀어 오른다. 막다른 길, 막다른 감정. 낯설다. 이런 감정이 있구나. 내가 이런 감정을 가질 수 있구나. 어디부터 망가진 건지 심하게 훼손된 기계가 되어 버린 기분이다.

　하루도 더 지체할 수 없다.

　갑작스러운 이 결심은 어지러운 의식 위로 분명하게 떠올랐다. 겨울 방학까지 기다릴 수 없다. 이대로 더 버티다간 내가 완전히 망가질 것만 같다. 알바로 모은 돈은 육십만 원 남짓이지만 무슨 짓을 해서건 일단 이곳을 벗어나야 한다.

방과 후 수업도 빠지고 집으로 돌아와 팔 수 있을 만한 것들을 전부 찾아봤다. 노트북, 카메라, 옷, 귀걸이, 화장품, 신발…… 닥치는 대로 뒤져서 한데 모았다. 노트북과 카메라 중고 시세를 알아봤는데 생각보다 너무 싸서 대실망. 부엌 찬장에서 한 번도 안 쓴 믹서기를 발견했다. 엄마 옷장을 열었다. 대충 봐도 비싸 보이는 옷이 없다. 화장대 서랍에 미개봉 화장품 몇 개. 액세서리 보관함에 액세서리는 없고 통장과 도장들이 있다. 적금은 내가 해지할 수 없으니 손대지 못하고 자유 입출금 통장을 찾았다. 가져가서 내 통장으로 계좌 이체를 하더라도 당분간은 눈치채지 못할 거다. 가방에 챙겨 넣었다.

베란다의 창고도 다 열어 봤다. 잡다한 것들이 가득 차 있지만 값나가 보이는 건 하나도 없다. 다리가 부러진 상, 오래된 카시트, 커다란 냄비, 전기난로, 고장 난 라디오……. 대체 이것들을 버리지도 않고 왜 다 여기 보관하는지. 기계적으로 모든 창고 문을 열고 대충 물건들을 확인하며 한숨을 쉬었다.

세탁실 안쪽의 작은 문을 열었다. 깨끗한 나무 상자를 발견했는데 이거다 싶었다. 아무런 무늬도 없고 라벨도 붙어 있지 않은 손바닥 두 개만 한 직육면체 상자였다. 언젠가 엄마가 내 돌잔치 때 받은 반지들을 잘 보관하고 있다고 말한 적이 있다. 이 상자가 바로 그 돌반지 보관함 같았다. 내가 받은 거니 내가 써도 된다고 합리화를 하며 뚜껑을 열었다. 하지만 안에는 종이봉투들만 가득 들어 있다. 어이없음과 동시에 짜증이 확 치솟았다. 정말 이 집에는 귀한 것이라곤 하나도 없구나. 그런데 엄마는 왜 이런 종이 쪼가리들을 이렇게 정성스럽게 보관한 걸까. 과거 애인한테 받은 연애편지들이라도 되는 건가. 그러다 문득 엄마의 그 수상쩍은 상대로부터 받은 것일지도 모른다는 생각이 머릿속을 스치고 지나갔다. 닫으려던 뚜껑을 도로 열어 맨 위의 봉투를 열었다. 산타와 루돌프가 그려진 평범한 크리스마스 카드였다.

「사랑이에게, 메리 크리스마스! 사랑으로 가득 찬 성탄절이 되길. 사랑하는 아빠가」

다른 봉투를 열었다.

「사랑이에게, 토마스 기차를 좋아한다며? 이건 물을 넣으면 증기를 내뿜으며 달리는 거래. 언젠가 우리 진짜 증기 기관차를 타 보자. 생일 축하해. 사랑하는 아빠가」

「사랑이에게, 전에 보낸 프래니 책은 잘못된 선택이었나 봐. 다 찢고 낙서해서 너덜너덜해졌다고 들었어. 이번엔 어린이 목수 세트를 보낸다. 망치질하면서 유치원 스트레스 좀 풀어. 사랑하는 아빠가」

「사랑이에게, 입학을 축하해. 꽃을 보낼 수 없어서 꽃무늬 잠옷을 보내는 거야. 최고로 멋진 중학생이 될 거라 믿어. 사랑하는 아빠가」

「사랑이에게, 열일곱 살 여자아이가 뭘 좋아하는 줄 몰라 주변 사람들에게 물어보니 목걸이를 추천하더라. 루비 색이 아름다워 그걸로 골랐어. 루비는 강인함, 열정을 상징한단다. 이 보석과 어울리는 어른으로 성장하길. 생일 축하해. 사랑하는 아빠가」

카드들은 모두 내게 온 것이었다. 매해 생일과 크리스마스, 밸런타인데이, 유치원, 초등학교, 중학교 입학과 졸업, 작년 고등학교 입학…… 내 인생의 모든 이벤트마다 누군가 선물을 보내왔다. 아빠라고 하는데 우리 아빠는 분명 아니다. 증기가 나오는 토마스 기차는 내가 어렸을 때 가장 좋아했던 장난감이다. 꽃무늬 잠옷도 기억난다. 누가 요새 이런 잠옷을 입고 자냐며 그냥 환불하라고 했지만 한동안 엄마가 입었다. 마지막으로 받은 루비 목걸이는 지금 내 목에 걸려 있다. 당시 그 선물들이 어디서 난 건지 궁금해하지 않았다. 다만 가끔 엄마의 센스나 취향이 의외라고는 생각했다.

카드 봉투 뒷면에 주소가 적혀 있다. 놀랍게도 국제 우편이었다. UK. 발신지는 영국이다.

아무리 생각해도 답은 하나다. 인정하고 싶지 않지만, 그래도 답은 하나다. 나는 '다른 아빠'가 있는 것 같다. 가출이며 왕따로도 벅찬데, 맙소사.

그렇다면 엄마의 싸이월드나 한밤중의 통화 같은 것도 모두 단번에 이해가 된다. 내가 우리 아빠라고 믿고 있던 아빠는 내 친아빠가 아닌 거다. 그럼 내 진짜 아빠는 지금 영국에 있는 건가?

세탁실을 빠져나와 식탁 의자에 앉았다. 침착하려 애썼지만 사고 회로가 잘 작동하지 않는다. 내게 비정상적인 상황들이 연달아 계속 일어나는 게 아무래도 그동안 적립한 인생 평범 포인트가 너무 쌓인 걸까.

엄마에게 전화를 했다. 받지 않는다. 또 걸었다. 엄마는 지금 이 전화를 받을 의무가 있다.

"왜? 엄마 지금 엄청 바빠."

엄마는 한참 만에 전화를 받아 속삭이듯 말했다.

"내 아빠가 누구야?"

"뭐?"

"내 친아빠가 누구야?"

"갑자기 애가 무슨 소리야……."

"세탁실에 있는 박스 봤어. 똑바로 말해 줘."

"……엄마가 다시 걸게."

끊긴 전화는 몇 분 후 다시 울렸다.

"엄마 지금 집으로 가고 있어. 가서 얘기하자."

엄마가 집으로 오는 동안 상자 속의 카드들을 모두 읽었다. 비슷비슷한 내용이었다. 축하한다거나 사랑한다거나 축하하고 또 사랑한다거나. 왜 매번 똑같은 말을 이렇게 전하려 했을까. 이렇게 애써서 전하려고 한 것을 엄마는 왜 내게 한 번도 전하지 않은 걸까. 내가 이 사람이라면 엄마에게 화가 났을 것 같다. 어쩌면 전해 주지 않을 거란 걸 알면서도 보냈을지 모른다. 화를 내야 할지 슬퍼해야 할지, 잠시 뒤 도착하는 엄마 앞에서 어떤 감정을 표현해야 할지 모르겠다. 다만 낯설다. 엄마는 평생에 걸쳐 날 속여 왔다. 가장 잘 안다고 생각한 사람인데 가장 모르는 사람이었다. 분노 같은 감정보다 소외감이 든다. 나는 아무것도 몰랐고 오늘 박스를 발견하지 않았다면 앞으로도 아무것도 모른 채로 살겠지. 엄마에게 그런 권리가 있는 걸까.

기분이 점점 가라앉는다. 놀라움과 당혹감에 끓어오르던 머릿속이 차갑게 식어 가는 기분이다. 상자를 식탁 위에 두고 팔짱을 낀 채 한참 바라보고 있는데 엄마가 도착했다. 급하게 왔는지 옷매무새며 머리며 다 헝클어져 있고 숨차 보였다.

"아빠도 알아?"

"뭐?"

엄마가 겉옷을 벗으며 나를 살피는데 질문이 먼저 튀어나왔다.

"아빠가 친아빠가 아니라는 걸 아빠도 아냐고."

"그럼 당연히 알지."

나는 조금 안도했다. 하지만 동시에 배신감도 들었다. 그렇다면 할머니도 할아버지도 다 안다는 뜻이겠지. 나만 빼고 아주 잘들 숨겼다.

"왜 숨긴 거야?"

"네가 평범하게 크길 바랐으니까. 아빠 성이 너랑 같고, 친아빠로 여기고 잘 지내는데 굳이 말할 필요가 없잖아."

"그건 엄마가 혼자 결정할 문제가 아니지 않아?"

"그럼 누가 결정할 문제인데?"

"나, 그리고 친아빠라는 사람."

엄마의 긴 한숨 소리.

"계속 숨길 생각은 아니었어. 스무 살이 되면 다 말해 주려고 했어. 아직 넌 사춘기고 예민할 때니까 조금 더 크면 말하려고. 그래서 카드들도 다 간직한 거고."

"그럼 내 친아빠는 어떤 사람이야?"

엄마는 잠시 망설였지만 내 얼굴을 쳐다봤다. 나는 시선을 피하지 않고 엄마 눈을 바라봤다. 지금 여기서 엄마의 대답이 필요하다. 하나도 숨기지 말고 전부 다 말해 줘야 한다.

내 마음을 읽은 듯 엄마는 물을 한 컵 마시고 천천히 이야기를 시작했다.

"그래, 이왕 알게 된 거…… 엄마가 젊었을 때 영국에 잠시 공부하러 간 적이 있어. 그때 만났던 사람이야. 삼 개월 정도 사귀었고 그 사람이 다른 도시로 가면서 멀어졌는데 너를 가지게 된 걸 그 뒤에 알았어. 연락도 안 닿고 너무 당황해서 한국으로 돌아왔어. 그리고 널 낳은 거야."

"그럼 아빠가 영국 사람이야?"

"그건 아니야. 영국 영주권이 있는 한국 사람이야."

"근데 그 사람은 내가 태어난 걸 어떻게 알았어?"

"엄마 친구 나리 이모 알지? 네가 다섯 살쯤 됐을 때 나리가 페북으로 그 사람을 찾아내서 그때 연락이 돼 알렸어. 너를 보고 싶어 했고 만나고 싶어 했지만 난 이미 다른 사람을 만나고 있었어. 지금 네 아빠야. 그리고 만나 봤자 의미가 없다고 생각했어. 인생은 타이밍이잖아. 만약 그전이었다면 결혼은 별개로라도 만나서 보여 주고 그 사람 딸로 키웠을 테지만 연락이 닿았을 때는 이미 어긋나 있었어."

나리 이모는 내가 태어나고 쭉 그 사람을 찾아왔다고 한다. 하지만 연락이 닿았을 때는 타이밍이 어긋난 시기였다. 엄마 곁에는 아빠가 있었고 엄마는 아빠와 결혼을 생각하고 있었다. 엄마의 성이 '오'여서 엄마의 성을 내게 붙였는데 공교롭게도 아빠의 성도 '오'였다. 엄마가 결혼을 결심한 결정적 계기는 성이 같아서였다고 한다. 내 성을 따로 바꾸는 일로 괜한 이목을 끌 일도 없고 내게 혼란한 기억을 남길 필요도 없었다. 엄마가 아빠와 결혼한 건 내가 여섯 살 때라고 한다.

어릴 적 아빠와 찍은 아기 때 사진이 없어 물었던 적이 있다. 엄마는 그때 대수롭지 않게 아빠가 늘 찍어 주느라 사진에 없네,라고 대답했고 나도 그렇구나, 했다. 한 번도 의심해 본 적이 없다. 상상해 본 적도 없다. 심지어 여섯 살 이전 아빠와의 기억이 생생하기까지 하다. '연애할 때도 자주 만나서 놀아 줬으니까' 그래도 그렇지. 이렇게 감쪽같이 속이다니. 또 나는 얼마나 눈치가 없는 인간인가. 나도 모르게 식탁에 머리를 쿵쿵 찧었다. 화가 나고 서글프고 짜증이 난다. 아빠가 둘이라니. 제기랄. 그냥 모를 걸 그랬다. 왕따에 레즈비언이 되었는데 아빠까지도 둘이다. 짧은 기간에 모든 평범의 기준을 단번에 넘어 버렸다.

"영국의 그 사람은, 스무 살이 넘어 너에게 이야기하자는데 동의했어. 사실 그 사람은 어떤 권리도 없지. 그렇지만 생일이나 크리스마스 때 선물을 보내고 싶다고 했어. 네가 아주 나중에 알게 된다 하더라도 아빠가 너를 계속 생각하고 사랑한다는 사실을 알려 주고 싶대. 뭐랄까 좀 감상적인 사람이야."

"양육비는 줘?"

"뭐? 너한테 이런 질문을 받게 될 줄은 몰랐네. 아니, 양육비는 됐다고 했어. 면접 교섭권도 안 줬으니 안 받는 게 맞는 거지. 오사랑, 너 괜찮아?"

괜찮냐고? 사실 잘 모르겠다. 아까부터 내 감정이 내 감정 같지 않다. 내가 내게서 아주 멀리 떨어져 있는 기분이다.

"너를 사랑하는 사람이 지구 반대편에 하나 더 있는 거야. 복잡하게 생각하지 마. 스무 살 넘으면 만나러 가도 돼. 네가 원하면."

"내가 원하면? 내가 원하는 시기까지 엄마가 정하는 것 같은데?"

"이제껏 말하지 않은 건 미안해. 하지만 엄마는 당시 그게 최선이라고 생각했어."

엄마와 나 사이에 긴 침묵이 흘렀다. 대화 중간중간에 울리던 엄마의 휴대폰이 또 울리기 시작했다.

"엄마 자꾸 전화 오는데…… 엄마야말로 괜찮은 거야?"

"잠깐 빠져나온 거라 다시 돌아가야 해. 놀랐을 텐데 의연하게 들어 줘서 고맙다. 다 컸네, 오사랑."

"……나 괜찮으니까 들어가 봐. 잘리면 안 되잖아."

"그렇게 쉽게 잘리겠니."

말은 그렇게 했지만 다시 휴대폰이 울리자 엄마는 전화를 받으며 겉옷을 집어 들었다.

"죄송해요. 진동으로 되어 있어서. 은행에 사람이 많아서 시간이 좀 걸렸네요. 지금 들어가요."

엄마는 나를 가볍게 안아 주고 머리를 쓰다듬었는데 나는 딴생각을 했다. 어쩌면 어른에게 비밀과 거짓말이라는 건 아주 일상적인 일인지도 모르겠다는 생각.

엄마는 회사로 돌아갔다. 아직 물어볼 말도 들어야 할 말도 많은데. 아니, 그런 부차적인 건 이제 됐다. 친아빠라는 사람이 누군지는 모르겠지만 나쁜 사람 같지는 않다. 가장 최근에 온 봉투에 다행히 주소가 쓰여 있다. 런던. Chiswick? 어떻게 읽는지도 모르겠다. 아무튼 이곳에 그 친아빠란 사람이 살고 있다는 얘기다.

#가출, 예상 밖의 스케일

솔이에게 전화를 걸었다. 세탁실 안쪽에서 찾은 박스와 친아빠의 존재에 대해 설명했다. 솔이는 만난 이래로 가장 깜짝 놀랐다. 길 가다 외계인을 만나도 눈 하나 깜짝할 것 같지 않은 솔이가.

"솔아, 그래서 말인데, 런던으로 가자."

"뭐?"

"하나 더, 당장 가자. 겨울 방학 때까지 기다릴 수 없어."

전화기 너머의 솔이가 일시 정지라도 한 듯 말과 숨을 멈췄다.

"……사실 나도 계획보다 빨리 가자고 말하려고 했는데."

"정말이야?"

"어제 아빠가 오셨어. 돌아왔는데, 버려지지 않았다고 안도하고 있는 내가 너무 싫었어."

"별말씀 없으셨어?"

"평소처럼 내게 한 마디도 하지 않고 오늘 아침 출근했어. 지긋지긋해, 어른들이란. 그런데 넌 왜 영국으로 가고 싶은 거야?"

"멀리 가고 싶은 거면 태국이든 영국이든 상관없을 것 같은데……."

"그게 다야?"

나는 망설이다 말을 이었다.

"만나고 싶어, 친아빠란 사람. 런던에 있대."

솔이는 아빠를 떠나고 싶어 하고, 나는 아빠를 만나고 싶어 한다. 괜한 미안함에 마음이 무겁다.

"하긴 내가 알기로 거기도 게이와 레즈비언의 도시야."

솔이의 레즈비언이란 단어 선택에 깜짝 놀랐다. 솔이의 말투가 시니컬하다.

"그래, 가면 네 친아빠가 영국 영주권자니까 너도 영주권자일 거야. 거긴 동성끼리 결혼할 수도 있으니 그렇게 되면 나도 영주권 오케이겠네. 영원히 한국을 버릴 수 있겠네."

얘가 지금 무슨 말을 하고 있는지 모르겠다. 진심인 건가.

"솔아, 음…… 혹시 지금 화났어?"

"아니 화난 거 아니야. 화났다 해도 너한테 화난 거 아니야."

"진짜 괜찮은 거야?"

"응, 난 상관없어."

"영국은 타투도 많이 할 거야. 거기서 너 하고 싶은 거 하면서 살 수 있어."

"좋네."

솔이의 말투가 평소와 좀 다르지만 빈말을 하는 것 같진 않다.

"그럼 사랑아, 언제?"

"지금 당장. 돈은 구했어. 일단 공항에 가서 제일 빠른 비행기표 사서 가자."

모든 공기가 빠져나간 것 같은 잠깐의 진공 상태 후 솔이가 갑작스레 깔깔깔 히스테릭한 웃음을 터뜨렸다.

"사랑아, 나 이런 거 너무 좋아. 너 생각보다 엄청나다. 이렇게 가슴이 두근거려 본 적이 없는 거 같아. 그래, 가자. 사랑아, 가자. 지금 나와."

심장이 터질 것 같았다. 솔이가 제정신이 아니어서 너무 좋다. 내가 헤까닥 할 때 같이 헤까닥 해 줘서 너무 좋다. 솔이는 오늘 조금 불안정해 보이지만 나 역시 마찬가지다. 우리 둘 다 조금씩 미친 것 같다.

엄마가 돌아오기 전에, 밤이 오기 전에, 떠나야 한다. 커다란 백팩을 찾아 옷을 챙겨 넣었다. 여권과 엄마 통장도 챙기고 런던 주소도 챙겼다. 엄마 말대로 내가 스무 살이 넘으면,

그때가 되면, 엄마도 나의 선택을 이해해 주겠지. 미안함, 죄책감 같은 것이 갈비뼈 아래쪽에서 슬며시 술렁거렸으나 모른 척했다. 집 떠나는 모든 자식들은 이런 순간을 넘어야만 할 것이다. 남들보다 아주 조금 빠르게 내 인생을 찾으려는 것뿐이다.

엄마 통장에서 삼백만 원을 내 통장으로 이체했다. 우리는 공항으로 향하는 리무진에 앉아 비행기표를 검색했다. 비수기이고 평일이라 표 찾기가 어렵지 않았다. 당일 밤 아홉 시 오십 분 두바이 경유 런던행 표를 두 장 예매했다. 비행 시간이 길어서인지 가격은 놀랄 만큼 쌌다. 생각보다 간단하기도 했지만 무엇보다 솔이가 능숙하게 잘했다. 여권 번호를 입력하는 솔이의 손에서 여권을 낚아챘다. 굴욕의 여권 사진을 보기 위해. 하지만 얼굴이 1.5배 빵빵하게 나온 나와 달리 솔이의 사진은 평범했다. 다만 솔이의 생년월일이, 정확히는 태어난 연도가 전에 들은 대로 나보다 일 년 빨랐다. 혼자 어색해져서 여권을 돌려주며 물었다.

"솔아, 너, 나보다 언니네?"

"중간에 학교를 좀 쉬었어."

"왜? 어디 외국 갔었어?"

"응."

더 이상 말해 주지 않아 자세히 묻지 못했다. 엄마도 아빠도 솔이도 다들 왜 내게 말해 주지 않는 것들이 이리 많은지.

내가 모르고 있을 뿐 세상은 들여다보면 다들 이렇게 비밀투성이인 걸까. 뭔가를 하나하나 알아갈 때마다 나만 소외된 듯 의기소침한 기분마저 든다. 초등학교 때 짝꿍과 속삭이며 나누던 그런 비밀 이야기들과는 너무나 차원이 다르다. 손에 잡히지 않는, 차갑고 그늘진 비밀들. 혼자 걷는 좁고 어두운 골목길 같은 비밀들. 엄마 말대로 스무 살이 넘어 알았더라면 좋았으려나. 열여덟이 스물과는 그렇게나 다른 나이일까.

오늘 일어난 일만으로도 머리가 터질 것 같은데 솔이의 나이와 솔이가 학교를 쉬어야 했던 이유, 학교를 쉰 기간만큼 어떤 일이 있었던 건지, 온통 솔이 생각이 더해지니 과부하가 걸려 버렸다. 말없이 각자 창밖을 바라보며 공항으로 향하는데 솔이가 이어폰을 내밀었다.

"우리 지금 이 노래 딱 BGM."

"뭔데?"

"라디오헤드, 엑시트 뮤직(Exit music)."

'Today we escape, we escape'에서 웃음이 풋 튀어나왔다. 그리고 그 웃음은 뒤를 잡아 뜯긴 것처럼 사라져 버렸다.

해가 지고 있었다. 고속 도로를 지나는 차들에 노란 불빛이 하나둘씩 켜지고 푸른 초저녁의 어둠이 깔리고 있다. 집으로 돌아가야 할 것 같은 기분이 들지만 우리는 돌아가지 않는다. 손끝이 점점 차가워지는 것을 느끼며 하염없이 주먹을 쥐

었다 폈다 해 본다. 공항에 도착해 따뜻한 국물 있는 음식을
한 그릇 먹고, 다시 집으로 돌아가는 버스를 타면 아무 일도
일어나지 않은 것처럼 살아갈 수 있으려나. 학교를 견딘 후
스무 살이 되어 영국에 사는 아빠를 만나러 가면 될 것이고
솔이도 졸업하고 태국으로 떠나면 될 일이다.

　하지만 그렇게는 하지 않을 것이다. 나는 지금, 내게 벌어
진 일들에 대한 진실과 자유를 원한다.

　창밖은 점점 더 빠른 속도로 어두워진다. 검은 밤하늘을
바탕으로 노란 불빛들과 차창에 반사된 내 얼굴만 보인다. 나
는 지치고 불안한 얼굴을 한 열여덟의 나를 마주한다. 괜찮
아. 두려워할 것 없어. 내 인생이 평범의 범위를 한참 이탈해
버렸다면 그대로 좋아. 조금 특별한, 조금 다른 열여덟 살이
되는 것뿐이다. 내 인생에서의 첫 번째 선택이니 내가 책임져
야 한다. 용감해져야 한다.

#영국으로

평일의 공항은 한산했다. 열아홉 살인 솔이의 도움으로 나는 출국 심사를 무사히 마칠 수 있었다. 애초에 미성년자는 부모님의 사전 동의서 없이 혼자 비행기를 탈 수도 없었다. 솔이는 나의 사촌 언니로, 우리는 영국에 사는 친척을 만나러 가는 것으로 카운터에 설명했다. 모든 절차에서 솔이는 정말 나의 보호자처럼 뭐든 잘 해냈다. 졸업 후 혼자 태국에서의 독립을 충분히 생각해 볼 만한 처리 능력이다. 나는 엄마 손을 놓지 않는 일곱 살 아이처럼 솔이의 손을 꼭 잡고 있다. 손바닥에 땀이 차면 솔이가 내 손을 자기 바지에 슥슥 문질러 주고 다시 손을 꼭 잡아 줬다. 용감해져야겠단 결심과 달리 공항에 도착하자 후들후들 떨리던 다리가, 점차 괜찮아졌다.

무사히 면세 구역으로 들어가 늦은 저녁을 먹기로 했다.

아무것도 소화시키지 못할 것 같지만 뭐든 먹어 둬야 한다는 솔이의 말이 맞다. 우동 두 그릇을 시키고 앉아 솔이는 틈틈이 휴대폰으로 공항에서 시내로 들어가는 법, 게스트하우스 예약, 유심 바꾸는 법 등을 검색했다.

"너…… 엄마랑은 연락해?"

갑자기 그 질문이 왜 튀어나왔는지 모르겠다. 멀리 가는 거니 연락을 해야 하는 건 아닐까 싶었던 것 같다. 그렇지만 우리 가출 중인데. 질문을 하자마자 내 입을 마구 때리고 싶었지만 이미 늦었다.

"안 해."

솔이는 곤란하거나 대답하기 싫은 것을 물으면 짓는 표정이 있다. 아랫입술을 깨물며 눈을 내리깐다. 그리고 손으로 딴짓을 한다. 그러고 있는 솔이를 보면 뭔가를 더 캐물을 마음이 생기지 않는다. 솔이를 감싸고 있는 얇은 막 같은 것을 내가 강제로 찢는 듯한 기분이 들어서다. 괜히 우동을 한껏 입에 넣고 우물거렸다. 마치 입에 든 우동 때문에 말을 더 이을 수 없다는 듯. 솔이에게 더 다가가지 못하는 내 마음이 상처받지 못하도록.

솔이가 탑승권과 여권 앞면을 사진으로 찍고 바로 페북에 올린다.

"페북 다시 해?"

"어. 방금 활성화했어. 사람들 드라마 좋아하잖아. 우리 둘이 영국 가는 거 사람들이 알면 난리 날걸. 내가 페북 스타 제대로 만들어 줄게."

"악플 장난 아니라며. 나보곤 쳐다도 보지 말라더니."

"야, 이제 우리 한국에 없잖아. 거기서 아무리 와글와글 떠들어 봤자 우리한텐 요만큼도 영향 없을걸."

"맞네. 우아. 완전 해방감 든다."

세영이도 보겠지. 내가 죽어서 죄책감을 남겨 주는 것보다 훨씬 통쾌하고 속시원하다. 우리는 신이 나서 같이 셀카를 찍고 또 페북에 올렸다.

#뭐라거나말거나
#우린우리길을간다
#너네영국땅밟아봤냐
#솔사랑커플영국으로

제2부

#신고식

아무리 문을 두드려 봐도 아무도 나오지 않는다. 우리는 흠뻑 젖은 상태다. 아랫니가 윗니에 딱딱 부딪혀 잘못하면 혀가 잘릴 것 같다. 밤 열 시가 채 되지 않았는데 모든 상점이 문을 닫았고 거리에 쥐새끼 한 마리 지나가지 않는다. 자꾸 눈물부터 나려는 것을 참고 참았는데 도착한 민박집은 굳게 잠겨 있다. 긴 시간 비행 후 입국 심사와 짐 찾는 데 두 시간, 다시 기차와 전철을 갈아타고 이 외진 동네까지 오는 데 두 시간이 걸렸다. 긴장과 피로함에 금방이라도 쓰러질 것 같은데 비까지 내린다. 역에서 구글맵을 보고 걷는 이십여 분 동안 우산 파는 상점 하나 발견할 수 없었다.

"여기가, 맞긴, 맞는, 거야?"

온몸의 떨림에 목소리가 딱딱 끊긴다. 솔이는 몇 번이고 휴대폰을 들여다보고 번지를 확인하고 고개를 끄덕인다. 민박집 주인은 전화도 받지 않는다.

"사기당한 것 같아."

"그러게. 잘 좀 확인하고 예약하지 그랬어."

나의 나무람에 울상이 된 솔이의 눈빛이 원망으로 흔들린다.

"내가 이럴 줄 알았어? 그럼 네가 하지 그랬어."

"네가 알아서 하길래 잘하는 줄 알았지."

"그럼 이 상황에서 나를 탓하는 게 당연한 거야?"

"아니, 하려면 똑바로 했어야지. 그리고 내 휴대폰은 꺼 놨잖아."

"뭐라고?"

점점 뾰족해지는 우리의 대화를 멈춰야 하는데 잠도 못 자고 극도의 피곤함에 제어가 되지 않는다. 일주일 단위로 예약을 하면 할인이 된다고 해서 이 주치를 한꺼번에 예약하고 돈도 송금했다고 한다. 우리는 점점 더 굵어지는 빗줄기 속에서 불 꺼진 민박집 문을 점점 더 세게 발로 차고 두들겼다.

"왓 더 픽 유 두잉?"

옆집 창문이 거칠게 열리고 몸집이 큰 아저씨가 머리를 내밀며 소리를 질렀다.

"Fucking shut the fuck up, will you?"

"뭐라는 거야, 솔아?"

"시끄럽다, 그러는 거 같아."

얼어붙은 우리를 몇 초 노려보던 아저씨는 창문을 소리 내어 닫았다.

"가자."

솔이가 캐리어를 잡아끌었다.

"어디로?"

"아무 데로나. 우리 여기서 계속 문 두드리다 총 맞을 거 같아."

속옷까지 축축해진 채 다시 역으로 돌아왔다. 역 근처에는 카페 하나 없다. 고양이 한 마리도 지나가지 않는다. 우리는 용기를 내 역무실로 갔다. 눈썹이 새까만, 고동색 피부의 남자 하나가 신문을 뒤적이고 있다.

"커피숍 니어 히어?"

대뜸 묻자 고개를 갸웃한다. 솔이는 어느 정도 영어를 알아듣지만 매우 잘하는 것 같지는 않다. 휴대폰으로 근처에 커피숍이 있습니까,라고 쓴 영어 문장을 번역해서 보여 줬다.

"노 카페 이즈 오픈 엣 더 모먼트. 유 니드 투 고우 투 센트럴 이퓨 원 투 고우 투 더 카페 나우. 테익 블랙 라인."

"저 사람 발음 정말 못 알아듣겠어."

우리가 서로 마주 보며 눈만 깜빡이자 역무원은 손으로 엑스자를 표시하며 노 카페 노 카페,라고 말했다. 절망감이 느껴졌다. 어딘가로 가라고 하는 것 같은데 머릿속의 모든 사고 회로가 정지됐는지 다른 대안을 생각할 수가 없다. 인터넷은

지독하게 느려서 검색창 하나 열리는 데 십 분 이상 걸렸다. 다른 곳을 찾아낼 여력도, 정신도 없다. 우리는 한참을 의자에 멍하니 앉아 있었다. 얼마간 시간이 지난 후 간신히 정신을 추슬러 화장실로 갔다. 바닥에 가방을 풀고 수건으로 몸을 닦고 옷을 대충 갈아입었다. 드라이어로 머리도 말렸다.

다시 역으로 나오니 막차가 끊긴 건지 역무실 불도 꺼져 있다. 역은 출입문이 달린 게 아니라 밤바람이 그대로 다 들어온다. 가방에서 옷을 더 꺼내 껴입고 노숙자처럼 의자 위에 쭈그려 앉았다. 무섭고 배고프고 춥다. 환하고 따뜻한 내 방이 그립다. 엄마가 그립다. 아빠가 보고 싶다. 냉장고에 아빠가 사다 놓았던 마카롱이 생각나자 눈물이 쏟아질 것 같다. 하지만 내가 여기서 울면 솔이가 더 힘들 것 같다. 이를 악물고 눈물을 참았다.

작은 역에 어둠이 가득 차 있다. 세상에 우리 둘만 남은 것처럼 외롭고 두렵다. 이렇게 빨리 집 떠난 것을 후회할 줄은 몰랐다. 이렇게 세상이 무섭고 타인에게 무관심한 건지 몰랐다. 우리가 여기서 얼어 죽든, 배고파 죽든 아무도 우리에게 관심 갖지 않겠지. 인천 공항에서 먹은 따뜻한 우동 국물이 생각난다. 그걸 남기고 오다니. 난 왜 이렇게 어리석을까. 앞으로 음식을 절대 남기지 않으리라 생각했다. 지금쯤 아빠와 엄마는 내가 떠난 걸 알게 되었을까. 울고 있을까. 둘 중 누군가 울고 있는 장면을 생각하자 견딜 수 없는 기분이 든다.

솔이는 백팩을 단단히 안은 채 고개를 외로 푹 꺾고 자고 있다. 저러고 자면 내일 목이랑 어깨가 무척 결릴 텐데. 머리에 손을 갖다 대니 퍼뜩 깨서 주변을 두리번거린다. 내게 기대라고 어깨를 톡톡 치자 희미하게 웃더니 반대 방향으로 도로 고개를 꺾는다. 그렇게 다시 잠든 솔이의 얼굴 위로 창문을 통해 달빛이 쏟아진다. 푸르게 일렁이는 아름다운 솔이의 얼굴. 이렇게나 멀리, 이렇게나 낯선 곳에 솔이와 있어 다행이다. 엄마 아빠를 생각하면 한없이 무거워지는 마음과 솔이를 바라보면 한없이 날아오르는 마음, 그 한가운데서 떠오르다 추락하는 매 순간이 혼란스럽다.

새벽의 한기가 점차 날카롭게 다가온다. 몸을 바싹 솔이한테 붙이고 잠을 청해 본다. 깜빡 잠이 들었다 깨고를 무한 반복했다. 우리의 첫 번째 밤은 참 길고 길다. 그래도 언젠가 이 밤이 끝난다는 걸 알고 있으니 나도 버텨야겠다.

마침내 아침. 몸의 관절마다 시멘트를 바른 것처럼 뻑뻑하다. 고개도 잘 안 돌아가고 손가락도 잘 움직이지 않는다. 좀비들처럼 덜컹거리며 일어나 간신히 스트레칭을 했다. 몸의 떨림이 멈추지 않는다. 솔이와 전철역 화장실에서 양치를 하고 고양이 세수를 했다.

"이 세상에서 노숙자가 제일 대단한 것 같다."

"인정."

새벽 다섯 시가 조금 넘자 첫차가 다니기 시작하는지 사람들이 보이기 시작한다. 어제의 폭우가 믿기지 않을 정도로 날이 맑다. 우리는 역 앞으로 나가 햇볕이 드는 곳에 서서 그 작은 온기로 몸을 녹이려 애썼다. 하지만 밤새 몸에 축적된 냉기는 아주 얼음처럼, 아니 그보다도 단단한 종유석처럼 굳어서 어떤 온기로도 녹을 것 같지 않았다. 아까보다는 말하고 움직이는 게 나아졌지만 내 몸 아주 깊은 곳에 핵 같은 것이 있다면 그곳이 온통 꽝꽝 얼어 버린 느낌이다. 지금 같은 기분이면 〈겨울왕국〉의 엘사처럼 손을 뻗으면 얼음 빔이 발사될 것 같다. 솔이에게 말했더니 마음이 추워서 그렇다고 한다. 그런 종류의 추위는 한여름에도 녹지 않는다고.

아침에 출근한 역무원은 어젯밤의 그 사람보다 친절해 보였다. 종이를 가져가 카페로 가는 방법을 다시 물었더니 바쁘지 않아서인지 아주 차근차근 알려 주었다. 필담과 동시통역 앱을 이용해 이해한 바로 근처에 카페는 있지만 아침 아홉 시가 넘어야 열고 이십사 시간 카페를 가려면 전철을 타고 중심가로 나가라고 한다. 우리는 시내로 나갔다.

간밤 어둠과 침묵만이 가득했던 작은 역이 꿈이었던 것처럼 센트럴의 커다란 카페는 활기가 넘쳤다. 한국에도 있는 익숙한 프랜차이즈 카페여서 주문도 어렵지 않게 했다. 뜨겁고 진한 커피와 샌드위치를 주문해 창가에 앉았다. 와이파이도 빵빵 터지는 이곳이 천국이다. 솔이와 머리를 맞대고 샌드위치를 뜯어 먹으며 근처의 민박집을 검색했다.

"솔아, 샌드위치 이상해. 닭고기랑 딸기잼이 들어 있어."

"터키? 터키면 칠면조 고기야. 딸기잼 조합은 좀 이상하긴 하다."

"고기 색이 분홍색인데 익은 건가?"

우리는 갸웃하며 샌드위치를 들여다봤다. 익은 게 맞냐고 물어보기도 언어 문제로 번거롭다. 배는 고픈데 잘 먹을 수가 없다.

"엄마가 해 준 밥 먹고 싶다."

샌드위치를 내려놓으며 푸념하는데 솔이가 내 샌드위치를 가져가며 말했다.

"너 자꾸 그렇게 어리광 부릴 거면 도로 집에 가."

"아니, 내가 언제 집에 가고 싶대……."

솔이가 자기 몫으로 산 땅콩샌드위치를 내밀었다. 말없이 받아 들고 꾸역꾸역 먹었다. 솔이는 가끔 무서운 말을 아무렇지도 않게 한다.

"솔아, 집에서 연락 안 왔어?"

"유심 바꿔서 연락 못 해. 왜? 너희 집에서 연락 왔을까 봐?"

"아니야……."

말없이 커피를 마시고 샌드위치를 먹었다. 솔이는 뭐에 화가 난 건지 눈을 약간 세모꼴을 하고 휴대폰으로 민박집 찾는 데만 집중했다. 커피를 다 마시고 샌드위치도 다 먹고도 솔이는 말이 없었다. 우리는 창밖의 지나가는 사람들을 한참 바라봤다. 시간이 흐를수록 사람이 점점 많아졌다. 해류를 따라 이동하는 알록달록한 물고기 떼처럼 보인다. 새빨간 버스가 그들 사이로 천천히 유영하고 있다. 오래된 건물들과 새로 지은 반짝반짝 빛나는 빌딩들이 아주 멋지게 어우러져 있다. 과연 런던은 멋진 도시다. 하지만 이 아름다운 영화 같은 도시가 도대체 내게 와닿지를 않는다. 마음 한구석이 꽁꽁 언 것 같은 이 상태는 언제까지 지속되는 것일까. 마음은 자꾸 지난밤을 내내 지새웠을 엄마 아빠에게로 흘러간다.

높이가 낮은, 어둡고 아늑한 창고를 상상하고 내 마음을 거기다 가두기로 했다. 엄마 아빠의 모습과 따스한 우리 집, 내 방의 인형들, 냉장고의 마카롱, 저녁 식탁 같은 것들을 다 그곳에 넣어 둔다고 생각하기로. 언젠가 때가 되면 창고 문을 활짝 열고 다시 만날 수 있다고 믿기로 했다.

새로 찾은 민박집은 중심가에서 멀지 않았다. 주인 아주머니는 우리를 위해 역까지 마중 나왔다. 캐리어를 끌며 간밤의 노숙담을 들어 주며 어머머, 어쩜 그런 사람들이, 신고식을 제대로 했네, 하는 아주머니의 반응 덕분에 조금 안심이 되었다.

민박집은 고풍스러운 느낌의 이 층짜리 주택이었다. 안으로 들어가니 좀 어둡지만 공기는 훈훈하고 좋은 냄새가 났다. 아주머니는 이층침대가 두 개 있는 방을 안내해 주고 샤워를 하라며 커다란 타월을 줬다. 내가 침대 일 층, 솔이가 이 층을 쓰기로 했다. 뜨거운 물로 샤워를 하고 나오니 아주머니가 라면을 끓여 주었다.

"원래 본인이 직접 끓여 먹는 건데 오늘은 고생했다고 하니 특별히 내가 해 주는 거야. 계란도 두 개 넣었어. 라면이랑 밥은 얼마든지 주방에 와서 먹어도 되고 아침에는 빵이랑 커피가 무료야. 밤 열한 시까지는 들어와야 해."

이것저것 주의 사항을 알려 주는 아주머니의 말을 기억하려 애쓰며 정신없이 라면을 먹었다. 뜨거운 국물을 먹으니 처음으로 조금 안도감이 든다. 아주머니는 우리 엄마와 나이가 비슷해 보인다. 며칠 굶은 사람처럼 라면에 코를 박고 먹는 우리에게 물과 김치를 살뜰히 챙겨 주신다. 국물 한 방울 안 남기고 다 싹싹 긁어 먹었다. 라면이 이렇게 맛있는 음식이었구나. 곱창에 이어 두 번째 소울 푸드로 등극. 아주머니는 우리에게 얼그레이 차 두 잔을 주며 편하게 쉬라고 한 뒤 장을 보러 나갔다.

솔이와 나는 침대로 직행했다. 침구는 뽀송했고 풀썩일 때마다 향기로운 섬유 유연제 냄새가 공기 중에 가득 퍼졌다. 커튼을 쳤더니 적당히 어둡고 아늑하다. 민박집에서 묵는 다른 관광객들이 분주하게 돌아다니며 준비하는 소리마저 평화롭게 들린다. 잠이 설풋 들었는가 싶었는데 솔이가 나를 부른다.

"사랑아, 자?"

"응. 아니."

"나 내려가도 돼?"

잠이 번쩍 달아난다. 솔이가 내려와 내 곁에 누웠다.

"너무 피곤한데 잠이 안 와."

"여기서 같이 자자."

쿵쿵 뛰는 심장 소리가 솔이에게도 들릴까 신경이 쓰인다. 어깨에 닿은 솔이의 머리카락이 새털처럼 가볍고 부드럽다. 솔이의 체온은 따뜻하다.

"너는 내가 왜 좋아?"

뜬금없는 솔이의 질문에 뭐라고 대답해야 좋을지 몰라 한참 가만히 있었다. 예뻐서? 멋있어서? 한참을 고민하다 가까스로 대답했다.

"그냥 좋아."

"그냥? 그냥이 어디 있어."

"난 정말 좋은 건 그냥 좋더라."

"……언제까지고 좋아해 줄 거야?"

이런 질문을 솔이가 하다니. 왠지 믿기지 않는다. 솔이의 손을 이불 속에서 찾아 꼭 잡았다. 솔이의 손은 따뜻하고 축축했다.

"응. 계속 좋아할 거야."

"……사랑아, 우리 어젯밤에 역에서 노숙했잖아."

"응, 무지 힘들었지?"

"그렇긴 한데…… 사실 그래도 좋았어. 텅 빈 집에서 혼자 누군가를 기다리는 밤보다 춥고 힘들어도 너랑 같이 있는 밤이 훨씬 좋았어."

"나도 좋았어."

"그런 순간들을 잘 간직하고 있다가 힘들 때 꺼내서 쓰고 싶다는 생각을 했어."

"지방처럼?"

우리는 소리 죽여 웃었다. 그리고 이내 안쓰러운 마음에 솔이의 손을 조금 더 힘주어 잡았다. 누군가를 지켜 주고 싶다는 생각이 처음으로 들었다. 솔이가 상처받지 않을 수 있다면, 다시는 텅 빈 집에서 외롭지 않을 수만 있다면 뭐든지 다 해 주고 싶다.

아이처럼 솔이가 내 품으로 파고들었다. 나보다 긴 솔이의 몸이 둥글게 말려 내 품 안에 쏙 들어온다. 솔이를 안고 등을 토닥여 줬다. 아주아주 오래전 엄마가 내게 해 줬듯이.

솔이의 갈색 눈동자가 바로 눈앞에 있다. 솔이의 숨결에서 얼그레이 향이 난다. 나도 모르게 살짝 입을 맞췄다. 눈을 감자 끝 모를 바닥으로 푹 꺼질 것 같은 현기증이 느껴졌다.

"너는 날 떠나지 않을 거지?"

고개를 끄덕끄덕하며 솔이를 다시 꼭 끌어안았다. 언제나 어른 같던 솔이가 작고 애처롭게 느껴진다. 우리는 긴 표류 끝에 가까스로 무인도에 도착한 아이처럼 서로를 안고 잠이 들었다.

#아빠의 집

"강렬한 데자뷔가 든다."

"여기가 맞아?"

초인종을 아무리 눌러도 반응하지 않는 문앞에서 우리는 난감한 기분에 빠졌다. 런던에 와서 누르는 초인종마다 반응이 없다. 온 런던이 우리에게 문을 열어 주지 않는 느낌이다.

민박집 주인 아주머니가 알려 준 대로 전철을 타고 턴햄 그린역에서 내려 다시 19번 버스를 타고 무슨 브릿지 앞에서 내렸다. 지나가는 사람들을 몇 번이고 붙잡고 물어 물어 찾아온 건물엔 일 층에 펍과 과일 가게 등의 상점이 있고 위의 두 층은 집인 듯싶다. 런던의 변두리 집들은 죄다 비슷비슷하게 생겨서 찾기가 어려웠다. 아파트는 동 호수라도 있지 여긴 무슨 스트릿, 스트릿이라는 게 너무 많다. 몇 시간을 걸려 찾던 건물 앞에 가까스로 도착했건만 또 다시 잠긴 문. 피로가 단번에 밀려온다.

"아직 낮 시간이라서 그럴 거야. 정상적인 어른이라면 일을 할 시간이잖아."

솔이가 씩씩하게 말해 주지 않았다면 친아빠고 뭐고 다시 돌아가자고 할 뻔했다. 관광을 하러 온 건 아니지만 그래도 낯선 도시에 도착해 보고 싶은 것, 하고 싶은 것도 많을 텐데 '서울서 김서방 찾기'에 동참해 준 솔이가 고맙기만 하다. 우리는 일 층의 펍에 들어가 시간을 보내기로 했다. 민박집 아주머니가 펍에서 간단한 식사나 커피 등을 파니 언제든 들어가도 괜찮다고 미리 말해 준 덕이다. 낯선 곳에서 조력자를 만난다는 것이 얼마나 감사한 일인지. 우리의 뒤통수를 때리고 돈을 떼먹은 민박집 주인도 있었지만 이런 좋은 사람도 있어 참 다행이다. 나쁜 사람이든 좋은 사람이든 다 일단은 겪어 봐야만 알 수 있다는 게 두렵지만 좋은 사람을 만나면 다음 나쁜 일에 대비할 용기가 난다.

복잡한 메뉴판에 질려 제대로 읽지 못하고 대충 손으로 가리켜 주문을 했다. 오후까지 낮잠을 잤는데도 시차 때문인지 정신이 맑지가 않다. 솔이와 마주 보고 앉아 있으니 아침의 입맞춤이 떠올라 시선을 어디에 둬야 할지 모르겠다. 그런 나에 비해 솔이는 평소와 똑같다. 솔이는 나 말고 몇 명의 여자 친구들과 입을 맞췄을까. 불필요한 의문이 머릿속에 둥둥 떠다닌다. 나는 처음인데. 그렇게 가까이 얼굴을 맞대어 본 것도 가족 외에는 처음인데. 솔이는 능숙하게 매번 잘했겠지. 내가 너무 서툴렀던 건 아닐까. 드라마에서 본 것처럼 고개를 돌렸어야 했나.

"뭘 그렇게 봐?"

갑작스레 솔이가 고개를 들고 나를 똑바로 바라보며 물어 깜짝 놀랐다.

"아니, 그냥."

"긴장돼? 아빠 만날 생각 하니까?"

"엉? 그런가 봐."

사실 전혀 아닌데. 얼결에 그렇다고 대답을 하고 보니 내가 왜 이렇게 아빠와의 만남에 대한 긴장감이 없나 싶기도 하다. 첫 만남인데. 이렇게 멀리까지 왔는데. 비현실적인 기분이 든다.

사실 이곳에서 외국인들 사이에 앉아 있는 나 자신도 뭔가 가상 현실 같다. VR을 끼고 화면 속에 들어가 있는 나를 바라보는 기분이다. 진짜 나는 어딘가 두고 온 채로 사이버 체험 같은 걸 하는 중일까?

"자아가 몇백 개로 나뉘어 공기 중에 먼지처럼 둥둥 떠다니는 것 같아."

"예전에 어떤 사람이 쓴 에세이를 읽었는데 여행을 하면 비행기가 시공간을 옮기는 속도를 영혼이 감당하지 못하고 한 박자 늦게 따라온대."

"딱 그거다."

"곧 네 인생에서 가장 중요한 순간을 맞이할 거야. 영혼을 잘 챙겨 봐."

눈을 깜빡깜빡하며 상황에 집중하기 위해 애썼다. 아직 영혼이 도착 전인 듯싶다.

음식이 나왔다. 커다란 맥주잔에 빨갛게 익은 새우와 올리브가 가득 담겨 있고 몇 개는 입을 대는 곳에 대롱대롱 매달려 있다.

"이 메뉴 이름이 뭐였어?"

"모르지. 근데 나 이런 거 본 적 있어. 전에 엄마가 마시던 술잔 여기 테두리 따라 왕소금이 막 묻어 있었어. 그때도 괴상하다고 생각했어."

검색을 하던 솔이가 말했다.

"소금 묻은 술이 마티니래. 그럼 이건 새우 마티니인가."

우리는 새우를 손에 들고 낄낄 웃었다. 메뉴조차도 뭔가 비현실적이다. 그래도 한참 웃다 보니 자아 몇 조각이 집 찾아온 기분이 든다. 솔이는 마티니 새우 사진을 찍어 페북에 올렸다.

"이상한 나라의 앨리스가 된 기분이야."

"앨리스는 영어를 잘해."

다시 낄낄 웃으며 새우로 건배. 다음에 나온 메뉴는 평범

해 보이는 파스타다. 새우를 죄다 파스타에 넣어 섞어 먹었다. 펍에 있는 몇몇 사람들이 우리를 신기하게 보는 것 같다. 우리한테 이 모든 게 이상한 것처럼 저 사람들도 우리가 이상하겠지. 장소를 옮겼을 뿐인데 이상함의 기준이 금방 달라진다. 이상하다는 건 나와 다르다는 것인데 장소마다 사람마다 다름의 기준이 또 다르다. 그러고 보면 모든 건 다 다르기 때문에 또 다르지 않은 걸지도 모른다. 흩어진 나의 자아는 평소와 다르게 철학적인 생각을 한다. 그래서 여행이 사람을 성장시킨다는 건가. 마티니 새우를 먹으며 성장하고 있는 나를 발견한다. 조금 멋진 것 같다.

식사를 마치고 솔이는 여행 책을 읽고 나는 낙서를 했다. 펍은 작고 한산하다. 동네 사람으로 보이는 나이 든 사람들이 신문을 읽거나 티브이를 보고 있다. 나는 펍에서 보이는 것들을 끄적이고 그렸다. 그림은 잘 못 그리지만 가만히 있으니 초조하다. 그리다 뭉개고 그리다 뭉개고 나도 모르게 엄마라고 쓰고 또 뭉갰다. 마음속 깊이 창고에 넣어 둔 엄마와 아빠가 조용히 있으니 자꾸 튀어나오려 한다. 아직은 안 된다. 당분간은 안 된다. 내가 정신 사납게 종이를 펜으로 북북 긁고 있으니 솔이가 책에서 눈을 떼고 말했다.

"아빠 오셨나 확인해 볼까?"

"그럴까."

"너희 아빠 만나는 거야. 제삼자인 척하지 마. 초인종 눌러

보고 올게.”

솔이가 잠깐 나갔다 들어오는 사이 심장이 조금씩 빨리 뛰기 시작한다. 자꾸 이렇게 심장 박동이 빨라지면 병 걸리는 거 아니겠지. 호흡을 조절하기 위해 크게 숨을 들이쉬고 내쉬었다. 돌아온 솔이는 고개를 도리도리했다. 다시 낙서를 북북. 그사이 해가 지기 시작한다.

저녁이 되니 어느새 펍에 사람이 가득 찼다. 커피와 콜라를 한 잔씩 시키고 솔이가 초인종을 누르기 위해 두 번 정도 나갔다 들어왔다. 그러는 동안 나는 자리에서 심호흡만 하고 있었다. 솔이에게 민폐지만 심박수가 너무 빨라지니 몸을 움직이기가 쉽지 않다. 아까는 분명 괜찮았는데 계속 기다리다 보니 초조함과 긴장감이 높아진다.

마지막으로 솔이가 초인종을 누르러 나갔을 때는 앞의 세 번보다 시간이 오래 걸렸다. 손발이 축축해지고 과호흡에 숨이 넘어갈락 말락 하는데 솔이가 들어와 적어 온 집 주소를 달라고 한다. 집 주소를 적은 종이를 들고 솔이와 밖으로 나갔다. 열리지 않던 문이 활짝 열려 있고 중년의 백인 남자가 현관 턱을 밟고 서 있다. 솔이가 양해를 구하고 동시통역 앱을 켰다.

“This address is right here. But I think I'm not the one who you are looking for. I have moved in 3 months ago(이 주소가 맞다. 그러나 난 너희가 찾는 사람이 아니다. 나는 삼 개월 전

에 이사 왔다)."

"혹시 한국 사람이 이 건물에 살지 않아요?"

동시통역 앱의 목소리에 귀 기울이던 남자는 고개를 흔들었다.

"이사 와서 동양인으로 보이는 남자를 건물에서 본 적은 한 번도 없다. 아무래도 내가 이사 오기 전에 살던 사람이 당신들이 찾는 그 사람일 것 같다."

우리는 그 남자의 목소리 한 박자 뒤에 앱에 써지는 문장을 가만히 바라보고 있었다. 눈앞이 캄캄해지며 뭐라고 해야 할지 모르겠다. 간신히 한 문장을 이야기했다.

"누구에게 물어보면 알 수 있을까요?"

"집주인에게 물어봐라. 하지만 프랑스에 산다. 번호 줄까?"

솔이가 번호를 받았다. 하지만 전 세입자가 어디로 이사 갔는지 집주인이 알 리 만무하다. 지역은 알더라도 정확한 주소는 더욱 그러하다.

점차 어두워지는 우리의 표정을 살피며 난감해하던 그는 고맙다는 말이 끝나기 무섭게 도망치듯 집 안으로 들어가 버렸다. 그리고 다시 문은 닫혔다.

펍으로 돌아와서도 한동안 아무 말도 할 수가 없다. 솔이는 휴대폰만 만지작거리고 있다.

"우리 술 마시자."

내 말에 솔이가 깜짝 놀라 눈이 동그래졌다.

"막막할 때 우리 엄마는 술을 마시더라."

"별로 좋은 생각이 아닐 수도 있어."

"그럼 더 좋은 생각 있음 말해 봐."

가만히 고민하던 솔이가 일어나 맥주 두 잔을 가지고 돌아왔다. 솔이가 건네주는 잔을 받아 단숨에 마셨다.

"솔아, 나 한 잔만 더."

한숨을 쉬고 솔이는 한 잔을 더 사 왔다. 미안했지만 카운터에서 아이디 검사를 하니 내가 살 수 없었다. 다시 한 잔을 거의 숨도 안 쉬고 마셨다. 몰랐는데 내가 엄마를 닮아 술을 잘 마시나 보다. 하지만 두 번째 잔을 테이블에 내려놓기도 전에 세상이 빙글빙글 돌기 시작했다. 배가 터질 것 같고 심장도 터질 것 같다. 내가 하나의 거대한 폭탄이 된 기분이다.

"사랑아, 괜찮아?"

"아니, 안 괜찮은 것 같아."

"어떤 영화에서도, 책에서도 주인공이 뭔가를 한 번에 찾는 경우는 없어. 특히 친아빠라는 존재는 더 그럴 거 같은데."

"내가 오는 걸 알고 도망간 게 아닐까……."

"삼 개월 전에? 네가 여기 올지 너조차도 몰랐는데?"

"그런 논리적인 말은 그만해."

어이가 없는지 솔이가 픽 웃었다. 솔이의 얼굴이 멀어졌다 가까워졌다 한다.

"너 왜 그렇게 몸을 흔들어? 똑바로 있어."

"아니야, 내가 몸을 흔드는 게 아니고 세상이 흔들리는 건데?"

솔이가 탁자 위에 놓인 맥주잔을 집으려고 손을 뻗었다. 세상의 술을 다 마셔 버려야지. 그러려고 술이 있는 거니까. 잔에 손이 닿았다고 생각한 순간 쨍그랑 소리가 날카롭게 공기를 찢었다. 곧 직원이 달려왔다. 내 얼굴을 보며 뭐라고 하는데 아이디, 소리만 알아듣겠다. 고개를 흔들었다. 살살 흔들었다고 생각했는데 몸이 휘청하며 의자 옆으로 떨어졌다. 이제 오 마이 갓, 소리도 들린다. 직원 한 사람과 매니저로 보이는 남자가 달려왔다. 솔이가 나를 일으키기 위해 노력하고 있음에도 불구하고 몸의 균형이 잘 잡히지 않는다. 내 몸이 슬라임처럼 반 액체화가 된 상태다. 뭔가 마구 뭉개진 기분. 그런데 아무래도 맥주를 한 잔 더 마셔야겠다. 바닥에 앉은 채 지갑을 뒤져 돈을 꺼냈다.

"오사랑, 그만해!"

"한 잔만 더 마실래. 기브 미 모어 맥주! 플리즈!"

주변의 사람들이 점점 더 많아진다. 몇 명이 나를 들어 근처의 소파로 옮겼다. 솔이가 또 동시통역 앱을 열어 대화하려고 애썼다. 다시 아이디, 폴리스, 이런 단어들이 공기 중에 나타났다 사라진다. 단어가 들리는 게 아니고 보이네? 와 이상한 기분. 사람들이 와글와글 뭔가 말들이 많다. 그 가운데 솔이가 있다. 앱에 대고 또박또박 말하는 소리가 들린다.

"친구가 친아빠를 만나러 왔는데 못 찾아서 그래요. 죄송합니다. 술이 깨면 바로 나갈게요."

"혹시 이 펍의 위층에 살던 한국 남자를 아세요? 그 남자가 친구의 아빠예요."

"그 사람을 만나기 위해 멀리 한국에서 왔어요."

위층에 살던 한국 남자…… 그 남자가 내 아빠라고? 뭔가 웃기다. 우리 아빠는 우리 집에 있는데…… 내가 푸하하, 폭소를 터뜨리자 사람들이 나를 본다. 나를 바라보는 솔이의 눈이 세모꼴이다. 가만히 좀 있어, 하고 입모양으로 말한다. 솔이의 말을 듣던, 머리가 새하얀 어떤 할머니가 담요 같은 것을 가져와 내게 덮어 준다. 아임 쏘리 포 유…… 뭐가 미안하다는 거지? 잘 모르겠으나 그 할머니의 손이 내게 닿자 눈물이 둑처럼 터져 버렸다. 할머니는 내 등을 가만히 쓸어 준다. 알 수 없는 서러움과 슬픔이 폭탄 터지듯 내 몸을 마구 헤집는다. 지난 몇 달간의 긴장과 스트레스, 슬픔과 괴로움이 최고 출력으로 분출되고 있다. 눈물과 콧물을 쏟으며 한참을 울었다. 주변이 음소거 버튼을 누른 것처럼 조용하다. 잇츠 오케이, 잇츠 오케이. 자장가 같은 할머니의 중얼거림을 들으며 나는 까무룩 잠에 빠졌다.

꿈인 걸까, 기억인 걸까. 언젠가의 내가 지금처럼 괜찮아 괜찮아, 란 말을 들으며 누군가의 품에 안겨 있다.

눈을 뜨니 곁에 아무도 없고 해가 지고 있었다. 점점 어두워지는 창 너머로 까맣고 덩치가 큰 괴물이 들어올 것 같은 공포에 엄마를 찾아 집 안을 돌아다니다 나는 울음을 터뜨렸다. 맨발에 닿은 바닥은 얼음처럼 차가워 어린 나는 소스라치게 놀라 소리를 지르며 엄마를 부르고 울었지만 엄마가 나타나지 않았다.

전화를 하거나 불을 켜거나 할 생각을 못 한 걸 보면 아주 어린 시절의 일이다. 온 세상에 나만 남은 것 같던 그 서러움, 그 두려움을 어떻게 지금까지 잊고 있었을까.

누군가 급하게 현관문을 열고 신발도 제대로 벗지 못하고 우당탕 내게 달려왔다. 커다란 손으로 나를 안고 우는 나를 달래던 사람. 희미한 담배 냄새와 오래된 코트 냄새, 차가운 겨울바람의 냄새. 괜찮아 괜찮아, 하고 끝도 없이 읊조리던 낮은 목소리.

아빠였다.

내가 창고의 박스를 보기 전까지만 해도 나를 낳아 준, 내 생물학적 아빠라고 한순간도 믿어 의심치 않았던, 우리 아빠.

그 품에서 내가 느꼈던 그 안도를, 그 구원을 이렇게 멀리까지 와서 간신히 기억해 냈다. 아빠는 울음이 멈춘 나를 담요에 감싸 안고 부엌으로 가 뭔가 따뜻하고 달달한 것을 만들어 줬다. 딸꾹질을 하며 아빠의 무릎에 앉아 그것을 마시며 기분이 좋아진 나는 한없이 재잘댔다. 아빠의 다정함에 내 수

다로 보답하려는 듯이. 그 뒤로 아빠는 내가 우울하거나 기분이 좋지 않을 때마다 달달한 것을 사 줬다.

나는 왜 친아빠를 찾고 싶은 걸까. 내 모든 유년의 기억에, 기쁨과 슬픔의 순간에, 좌절과 희망의 시간에, 아침 식사와 저녁 식사 식탁에 늘 함께했던 우리 아빠 오석원 씨. 늘 조금은 난감한 표정으로 웃는, 엄마를 이해하자고 말하는, 모든 일에는 이유가 있다고 말하는, 괜찮다고 걱정 말라고 말하는 오석원 씨. 나와 성이 같아 내 아빠가 된 오석원 씨. 어두워지는 방에서 울고 있는 건 아닐지. 내가 하는 행동이 아빠에게 커다란 상처가 되는 건 아닐지. 어쩌면 아이들에게 비난받는 지금의 상황이 끔찍하게 싫어서, 도망 온 것은 아닌지. 나는 지금 무엇을 얻고 무엇을 잃으려고 하는지.

머리가 온통 혼란스럽다. 그럼에도 불구하고 내게 유전자를 줬다는 그 사람을 어떻게든 찾고자 하는 이 열망은 무엇인지. 단 이 년도 기다릴 수 없어 당장 비행기를 타고 날아온 나를 움직이는 이 감정은 무엇인지.

언젠가 할머니가 이런 말을 했다. 내가 어릴 적 엄마는 나를 할머니한테 맡기고 가출했었다고. 사랑이를 잘 키워 달라는 편지 한 장만 남기고 엄마는 떠났다고. 그리고 다음 날 새벽에 돌아왔다고. 엄마와 아빠, 할머니가 술을 마시며 하는 이야기를 어쩌다 들은 것이지만 잊히지 않는 이야기였다.

엄마는 공항에 가서 앉아 있었다고 했다. 뜨고 지는 비행기를 보며 하룻밤을 꼬박 새우고 다시 집으로 돌아왔다고 한다. 지금 당장이라도 탈 수 있는 비행기를 계속 검색하면서. 당시에는 엄마가 아빠와 심하게 싸웠나 보다 싶었지만 이제는 그때 엄마가 혼자였음을 안다. 공항까지 간 엄마를 떠나지 못하게 한 건 나인데 지금은 내가 엄마를 떠났다. 엄마는 나를 떠나지 못한 그날을 후회하고 있을까.

하지만 알고 싶다. 만나고 싶다. 내가 어디론가 가기 위해서는 먼저 내가 어디에서 왔는지 알아야 한다고 생각한다.

그래도 오석원 씨 미안해. 미안해요.

"사랑아, 사랑아! 왜 이렇게 울면서 자."

나를 흔들어 깨우는 솔이의 손길에 퍼뜩 깨어났다. 눈을 떠 보니 솔이가 곁에 앉아 있다. 아무 일도 일어나지 않았던 것처럼 펍은 조용하고 한산해졌다.

"술은 좀 깼어?"

"얼마나 잤어?"

"한 시간 정도. 물 좀 마셔."

솔이가 건네는 컵을 들고 잠이든 술이든 깨려고 애쓰는데 지나가는 사람들이 자꾸 나를 보고 미소 짓는 것 같다. 솔이와 눈이 마주치자 솔이가 고개를 끄덕해 보인다.

"왜 그래, 저 사람들이? 마치 백년지기처럼."

"이제 네 사연은 이 마을 전체에 퍼진 것 같다."

내가 취해 자는 동안 솔이가 열심히 내 상황을 설명했다고 한다. 안 그러면 매니저가 경찰을 부를 기세였기 때문에 감정에 호소해야 하는 상황이었다고. 펍의 많은 사람들이 관심을 가졌고 저녁 타임 아르바이트 했던 한국인 남자와 그 친구를 기억한다고 했다. 친구 이름은 로이스턴. 자주 방문하니 이번에 오면 연락처를 물어봐 알려 준다고 약속했다. 로이라고 불리는 그는 이 동네 토박이고 밴드를 하는데 한국인 남자와 같이 공연을 한단다. 괴짜지만 좋은 사람이고 한국인 남자와 자주 어울렸으니 분명 소식을 알 것이다. 로이가 이곳에 출몰하는 대로 연락을 줄 테니 너무 낙심하지 말라고 이 술주정뱅이에게 전해라.

"영국 사람들은 아주 차가워 보이는데 의외로 오지랖이 장난 아니더라. 두 명이나 울었어."

"대체 뭐라고 했기에 울기까지 해?"

"사실대로 말했는데. 네가 얼마 전 발견한 박스 안의 카드들, 그게 심금을 울린 것 같아. 전혀 모르고 살다 평생 나를 그리워한 친아빠의 존재를 며칠 전에 알았다. 한시라도 빨리 만나보고 싶다."

"정말 나를 평생 그리워했을까?"

"당연한 거 아니야? 안 그러고서는 그렇게 매년 못 해."

솔이의 연락처를 남기고 펍을 나섰다. 종잇장처럼 바람에 몸이 흔들렸다. 솔이의 손을 놓으면 하늘로 날아가 버릴 것 같아 꼭 쥐고 걸었다. 민박집에 도착하니 한밤중인데도 주인 아주머니가 안 자고 우리를 기다리고 있었다. 펍에서 있었던 일을 이야기하자 겁도 없다며, 그렇게 경찰을 불렀으면 강제 추방 되었을 거라고 등짝을 한 대 때렸다. 그래도 아빠를 아는 사람의 소식을 들을 수 있었다고 하니 아주머니는 무척 기뻐했다.

자려고 누웠는데 이 층에 누워 있는 솔이의 팔이 쑥 내려오더니 눈앞에 왔다 갔다 한다. 화면이 켜진 휴대폰을 들고 있다.

"뭐야? 왜?"

"너희 엄마가 페북 메시지를 보내셨어."

자는 사람들을 깨우지 않으려고 솔이가 소곤거렸다. 내 휴대폰은 집을 떠난 이래로 단 한 번도 켜지 않았다. 가방 깊은 곳에 넣어 두고 지뢰라도 되는 것처럼 피하는 중이다. 엄마가 솔이의 페북은 어떻게 알았지? 심장이 쿵쿵 뛰기 시작했다. 휴대폰을 받아 화면의 메시지를 읽었다.

"안녕하세요, 사랑이 엄마예요. 사랑이에게 다 괜찮으니 걱정 말고 전화 좀 달라고 말해 줄래요? 꼭 전해 주리라 믿어요."

솔이의 페북에는 우리가 출발하기 전 비행기 탑승권 사진부터 이곳에 도착해 있었던 일, 사진 등이 여행 다이어리처럼 정리되어 있었다. 페북에 뭔가를 올리는 건 알았지만 이렇게 거의 모든 일정과 나의 아빠 찾기 과정을 올리고 있는 줄 몰랐다.

"이걸 왜 다 올린 거야?"

내가 일어나 얼굴을 들이밀고 묻자 솔이가 대답했다.

"기록을 남기고 싶어서."

할 말을 잃어 다시 자리로 돌아왔다. 내 곁에 위치 추적기를 달고 있었군. 다시 일어나 솔이에게 물었다.

"야, 이거 보고 울 엄마 영국에 쫓아오겠다."

"엄마가 쫓아오면 뭐, 따라갈 거야?"

"죄송한데 자는 시간이에요. 조용히 좀 해 주시면 안 될까요?"

옆 침대에서 뒤척이던 여자가 한마디 했다.

"죄송합니다."

침대에 누웠는데 헛웃음이 난다. 고민하다 엄마에게 내가 솔이인 척 답변을 보냈다.

'안녕하세요, 사랑이 친구 솔이예요. 사랑이에게 전해 줬는데 아직 마음의 준비가 덜 된 모양이에요. 사랑이가 나중에 연락한다고 하네요. 무사히 잘 있으니 부디 걱정하지 마세요.'

#100w/m으로 말하는 로이스턴

밤새 뒤척이다 새벽녘이 되어서야 설핏 잠들었는데, 시끄러운 진동 소리에 비몽사몽 전화를 받았다. '헬로우, 헬로우?' 다급하고 빠른 어조로 무언가 말하고 있는데 헬로우 말고는 알아들을 수가 없다. 목소리는 파도처럼 멀어졌다 가까워졌다 한다. 머리는 깨질 듯한 두통과 함께 둔탁하고 멍하다. 기름 덩어리 같은 게 뇌를 둘러싸고 있는 기분이다. 포말처럼 흩어지는 영어 단어들 속에 Daddy라는 단어가 기름 덩어리를 뚫고 뇌에 와닿았다. 감전이라도 된 듯 눈이 번쩍 떠졌다.

"쏘리, 저스트 어 세컨드!"

헐레벌떡 일어나 솔이를 깨웠다.

"그 로이라는 사람한테 전화가 왔어. 어쩌지?"

"어쩌긴 뭘 어째? 뭐라고 하는지 잘 들어 봐야지."

"뭐라고 말하는지 잘 모르겠어."

그때 옆 침대의 여자가 벌떡 일어났다.

"아, 진짜 시끄러워서 잠을 잘 수가 없잖아요."

"너무 죄송한데 영어 할 줄 아세요? 중요한 전화인데 알아들을 수가 없어서……."

다급하니 뻔뻔스러운 부탁이 나도 모르게 튀어나왔다. 그 여자는 황당하다는 듯 나를 쳐다보다 나의 간절한 눈빛에 한숨을 쉬고 휴대폰을 건네받았다.

로이는 우리가 묵는 숙소의 주소를 물어봤다. 아무래도 얼굴 보고 이야기하는 것이 소통에 있어서 나을 것 같다고 생각한 듯싶다. 만날 시간을 정하고 로이의 연락처를 받고 대화는 종료됐다. 휴대폰을 다시 돌려받으며 다리에 힘이 풀려 주저앉았다.

"고맙습니다. 죄송해요."

"통화가 안 끝나면 계속 시끄러울 것 같아 도운 거예요. 이제 내가 두 시간만이라도 푹 잘 수 있게 조용히 해 주면 고맙겠어요."

"그럼요, 그럼요."

우리는 발끝을 들고 살금살금 방을 빠져나왔다. 부엌에서 간단한 아침을 준비하며 시계를 보니 여덟 시였다.

"그 로이라는 사람, 성격이 무지 급한가 보다."

커피를 내리는 솔이에게 말했다. 솔이도 잠을 설쳤는지 동작이 느리고 눈에 힘이 없다.

"지금 바로 온댔지?"

"응, 오전밖에 시간이 없대."

토스터에 빵을 굽고 달걀로 간단한 오믈렛을 만들고 시리얼을 준비하는 동안 솔이는 말이 없다. 어젯밤 엄마의 연락에 어떻게 답을 했는지 확인했을 텐데 모르는 척하는 것 같다. 나도 굳이 더 말하지 않았다. 내게 한국의 아빠 엄마에 대한 화제는 입안에 난 염증처럼 따갑고 아프고 불편하다. 굳이 혀로 건드리고 싶지 않다.

로이는 아홉 시가 조금 넘은 시각에 도착했다. 잭 블랙 같은 인상에 머리카락은 빨갛다. 잭 블랙의 에드 시런 버전 같달까. 입고 있는 티셔츠에는 일본 애니메이션 〈뱅드림〉의 캐릭터인 츄츄가 그려져 있고 목에는 츄츄의 마스코트인 고양이 귀 모양의 헤드폰이 걸려 있다. 런던에서 〈뱅드림〉을 보게 되다니? 오타쿠의 기운이 십 리 밖에서도 느껴지는 영국 아저씨였다. 검은색 매니큐어가 꼼꼼하게 발라진 열 손가락도 눈에 띄었다. 솔이와 나는 '이 사람 괜찮을까' 하는 눈빛을 서로에게 보냈다.

우리는 숙소 근처의 카페로 자리를 옮겼다. 잠시 뒤 그는 거대한 휘핑크림에 초콜릿 시럽과 캐러멜 시럽을 잔뜩 뿌린, 그냥 봐도 칼로리가 어마어마해 보이는 음료를 세 개 받아왔다.

"웰컴 투 런던, 내가 특별히 사 주는 거야. 술 마신 다음 날 숙취 해소에 좋은 음료지. 얘기 들었어. 어제 펍에서 그렇게 난동을 피웠다며."

동시통역 앱을 실행하자마자 로이는 랩을 하듯 말했다. 분당 백 단어는 말할 수 있을 것 같다. 악센트가 강하고 뭔가 딱딱 분절되는 느낌의 억양이었다. 뭔가 군인이 연상되는 말투였는데 수다스럽다. 균형이 맞지 않는 느낌에 자꾸 귀를 기울이게 된다.

"너지?"

로이가 나를 가리키며 갑자기 묻기에 얼결에 고개를 끄덕였다.

"이름이 사랑이라며? 참 택이 딸다운 이름이다. 로맨틱해. 걔는 술에 취하면 네 사진 보여 주면서 자랑했어. 딸이 있다고."

"아빠를 잘 아세요?"

"잘 아냐고? 누구보다 잘 알았지."

과거형의 대답이 불안하다. 앱의 오류라고 믿고 싶은 마음에 다시 물었다.

"잘 알았다고요?"

"응, 누구보다 잘 알았어. 싸운 뒤로 연락 안 한 지 삼 개월 정도 됐어."

짜증과 실망이 반쯤 뒤섞인 감정에 할 말을 잃었다. 내가 그러거나 말거나 로이는 전래 동화를 들려주는 할머니라도 되는 듯 긴긴 사연을 늘어놓았다. 숨도 안 쉬고, 아니 마치 숨 쉬는 것처럼 말했다. 자기의 상황을 전부 다 전달하지 않으면 산소 결핍으로 죽는 병이라도 걸린 사람 같았다.

"어제 로즈 앤 크라운에 간 건 엄청난 우연이었어. 들어가기 전에 딱 한 잔만 마시려고 들른 건데 말이야. 네가 다녀간 이야기를 전해 들은 게 거의 자정이었는데도 당장 전화하고 싶었다니까. 말로만 듣던 전설의 인물 같은 택이의 딸을 직접 만날 수 있다니 영광이야. 안타깝게도 내가 택이와 멀어지게 된 건 밴드 전체의 분열과 연관되어 있어. 밴드 오아시스의 리암 갤러거랑 노엘 갤러거가 싸워서 해체한 건 알고 있지? 우리도 딱 그 꼴이었던 거지······."

그의 긴 이야기를 종합해 보면 밴드는 로이와 아빠의 다툼으로 완전히 와해됐다. 술에 취해 맥주병까지 서로 던져 가며 크게 싸운 탓에 연락처도 지워 버리고 영영 안 보려고 했다. 하지만 시간이 지나자 미안한 마음도 들고 그 밴드 멤버들처럼 마음 맞는 사람 찾기도 힘들었다. 어렵게 번호를 수소문해서 연락했지만 번호가 바뀌었고, 집으로 찾아가니 이사를 갔다. 소식을 아는 사람이 없다.

"그러니까 내가 여기까지 온 이유는 그거야. 택이를 만나면 내가 미안해한다고 전해 주면 좋겠어. 넌 어쨌든 언젠가 만날 것 아니야?"

과연 그럴까요. 허탈한 마음에 속으로 반문했다. 로이가 사 준 다디단 음료가 쓰게 느껴진다. 여기까지 만나러 와 준 건 참 고마운 일이지만 이제 어떻게 아빠를 찾아야 하나 막막하기만 하다. 바보 같게도 런던에 오면 금방 만날 수 있을 줄 알았다. 하지만 우리나라처럼 주민 등록 제도가 있는 것도 아니고 아는 거라곤 달랑 주소뿐이라, 이게 얼마나 맨땅에 헤딩 마인드였는지 한 박자 늦게 뼈저린 깨달음이 찾아왔다.

음료를 다 마실 때까지 로이의 이런저런 이야기를 한 귀로 듣고 한 귀로 흘리며 아빠를 찾을 수 있는 다른 가능성에 대해 생각했다.

"그런데 손톱에 매니큐어는 왜 그렇게 칠하신 거예요?"

말없이 앉아 있던 솔이가 로이에게 물었다.

"내가 기타를 치는데 녹화해서 다시 보거든. 이건 내 손가락을 더 잘 보고 싶어서 칠한 거야."

"기타 치세요?"

솔이의 눈이 반짝 빛났다. 솔이는 악기를 다룰 줄 아는 사람을 무조건, 무조건 좋아한다. 솔이와 로이는 한참 동안 내가 알아들을 수 없는 뮤지션들에 대해 이야기했다. 멍하게 듣고 있다 내가 물었다.

"그런데 왜 츄츄 캐릭터를 좋아해요? 츄츄는 디제이잖아요. 기타라면 롯카를 좋아해야 하는 거 아니에요?"

로이는 음료를 떨어뜨릴 정도로 놀라며 몸을 갑자기 앞으로 당겨 앉았다.

"〈뱅드림〉을 알아?"

고민하다 고개를 살짝 끄덕였다. 로이가 내 손을 덥석 잡았다. 축축하고 열기가 느껴지는 손이었다.

"그동안 아무도 내가 왜 이런 걸 좋아하는지 알아주지도, 알려고 하지도 않았어. 너는 이제부터 내 영혼의 동생이다."

"그런 것 되고 싶지 않아요."

로이는 내 말을 듣고 있지 않았다. '팝핀파티'부터 '애프터글로우', '헬로해피월드'에 이르기까지 모든 뱅드림의 밴드에 대해 그야말로 폭포수처럼 쏟아 냈다. 지구 반대편에서 오늘 처음 만난 중년 남자가 얼굴이 상기된 채 좋아하는 애니메이션 캐릭터에 대해 신이 나서 말하는 걸 보고 있자니 기분이 이상했다. 어릴 적 나의 모습과 오버랩이 되었다.

중2 때였다. 나는 한창 〈뱅드림〉을 비롯한 일본 애니메이션에 빠져 있었다. 만나는 모든 사람들, 어른들을 비롯해 친구들, 키우던 거북이한테까지 내가 좋아하는 캐릭터에 대해 이야기를 쏟아 내곤 했다. 아마 그때 나도 일 분에 백 단어, 100words/min 정도로 말하고 다녔을 거다. 모든 미디어를 동원해 애니를 감상했고 시디를 사 모았고 한정판을 위해 밤을 샜으며 코스프레 동호회에서 열정적으로 활동했다. 터널 안을 달리는 트럭처럼 주위의 풍경은 아무것도 보이지 않았다.

그리고 졸업식 무렵 나는 내 주변에 어떤 친구도 남아 있지 않음을 깨달았다. 학교에서 나는 '이상한 애' '오타쿠' '일본애니빠'로 낙인 찍혀 있었다. 아이들은 나와 대화하지 않으려고 슬슬 피했다. 어릴 적부터 친하게 지냈던 친구마저도 내가 말을 걸면 눈은 웃고 입은 일그러진 어색한 미소를 지으며 바쁘다고 사라졌다.

그 일로 깨달은 게 있었다. 무언가를 너무 좋아하는 건 잘못된 거라고. 적당함에 대한 감각을 잃으면 안 된다고. 더불어 친구 관계 같은 건 이렇게 한순간 뒤집힐 수도 있는 것이니 이 역시 적당함을 유지해야 하는 것이라고.

고등학교에 입학하며 모든 애니 관련 물품을 정리하고 동호회를 탈퇴했다. 그 후로 한 번도 들여다보지 않았고 잊기 위해 노력했다. 여기 이렇게 내 앞에 앉은 아저씨가 아무런 부끄러움도 없이 자신의 취향을 열렬히 고백하기 전까지. 그때의 마음이나 기억 같은 것들은 불길한 악령이라도 되는 것처럼 아주 깊은 곳에 봉인해 놨다.

"그런데, 괜찮아요?"

나도 모르게 질문이 튀어나왔다. 실례인 줄 알면서도 묻지 않을 수 없었다.

"사람들이 안 놀려요? 그런 거 좋아한다고……."

"엥? 알 게 뭐야? 내 세계에는 나랑 〈뱅드림〉만 존재해. 조금 더 덧붙이면 기타랑 이 캐러멜마끼아또 정도? 내 정원 바곁을 지나치는 인간들에겐 관심 없어."

그 말을 하는 로이의 눈빛은 단단하고도 거침없어 보였다. 문득 그가 부러웠다. 나는 나를 텅 비우며 지켰는데 이 사람은 다 가진 채로 지켰구나. 어른이라 그런 걸까. 아니다, 모든 어른이 다 그렇지 않다는 건 알고 있다. 어떻게 하면 저렇게, 자기의 정원이 있는 어른이 되는 거지? 로이는 이제 일하러 가 봐야 한다며 일어났다. 카페를 나와 인사하는데 로이가 문득 물었다.

"그럼 이제 택이네 엄마 집으로 가 보는 건가?"

눈앞에 별이 번쩍했다. 맞다, 아빠에게도 아빠, 엄마가 있을 텐데 그걸 생각하지 못하다니. 아빠를 찾으려면 당연히 두 번째로 떠오르는 장소여야 했다. 그 집의 위치를 모른다고 하자 로이는 정확한 주소는 자신도 모른다며 마을 이름을 알려 줬다. 작은 마을이고 한국인 가족은 흔치 않으니 찾기 쉬울 거라고. 가장 중요한 이야기를 우리는 카페 문 앞에서 나눴다.

로이와의 대화를 요약해 보자면
1. 아빠의 엄마, 즉 할머니는 예전 독일의 간호사로 이민을 왔다가 시민권을 딴 후 영국으로 이주했다.
2. 할아버지는 돌아가셨다.
3. 할머니가 영국으로 이주한 이유는 단순히 비틀즈의 팬이었기 때문이다.

4. 할머니는 동네 공립병원에서 자원봉사를 한다.

5. 내겐 고모가 한 명 있고 할머니와 같은 동네에 산다.

로이는 만나서 반가웠다고 우리에게 악수를 청했다.

"너네 정말 용감한데 너무 비장해 보여. 한국판 〈델마와 루이스〉 같달까. 조금 힘을 빼고 이 여행을 즐겨 봐. 런던은 아름다운 도시야."

오랫동안 고개를 끄덕이는 우리를 두고 그는 지하철역으로 떠났다. 그가 쓴 고양이 귀 모양의 헤드폰이 멀리서도 눈에 띄었다.

"저 아저씨 좀 이상하지만 멋진 것 같아."

내가 말하자 솔이가 동의했다.

"응. 나도 멋짐의 기준이 달라졌어."

오래 가둬 두었던 상처를 떠올린 날이었는데, 생각보다 아프지 않은 점이 놀라웠다. 로이가 말한 대로 아름다운 도시를 여행 중이어서 그럴까. 문득 우리가 여행자라는 사실이 가슴에 와닿았다. 여행 중 자꾸 과거의 나와 만나고 또 만나게 된다. 떠나야만 마주 볼 수 있는 것들이 있는가 보다.

#리틀 헤이브

창밖으론 끝도 없이 초록이 펼쳐진다. 기차를 탄 후 창가에 머리를 대고 태어나 첫 외출을 한 사람처럼 저거 봐, 저거 봐를 외치다 이제 반복되는 풍경에 좀 익숙해졌다. 새하얀 구름과 너른 초원과 한가로이 풀을 뜯는 양떼들은 마치 전에 본 BBC 다큐멘터리 같다. 간간이 보이는 집들은 동화책에서 본 것처럼 아기자기 예쁘고 귀엽다. 그것을 배경으로 솔이 휴대폰으로 셀카를 찍는데 죄다 흔들려 여기가 강원도인지 영국인지 모르게 나온다. 중간 정차역에서 연사로 파바바박 찍었더니 기차에 탄 사람들이 다 나를 바라봤다. 안 그래도 우리 둘만 동양인이라 눈이 띄는데 눈길을 확실히 끌어 버렸다.

"너무 애쓴다."

솔이가 나를 보며 나지막하게 말했다.

"같이 찍을래?"

"아니 됐어⋯⋯. 넌 참 속도 편하다."

말문이 막힌다. 내가 긴장할수록 딴청을 하는 걸 모를 리 없다. 솔이 휴대폰을 괜히 만지작거리고 있는데 솔이가 갑자기 물었다.

"⋯⋯근데 너, 엄마한테는 페북 메시지 뭐라고 보냈어?"

"나중에 연락한다고."

"만약에 엄마가 데리러 오면 어떡할 거야?"

"뭘 어떡해⋯⋯ 당연히 안 가지."

"정말이야?"

"뭐야, 사람 말을 왜 안 믿어."

솔이는 입을 다물고 창밖으로 눈을 돌렸다. 오늘따라 솔이가 까칠하다. 어제 내가 펍에서 난리를 피운 뒤에도 한마디 책망 않던 솔이다. 그런데 왠지 화가 난 사람처럼 군다. 하긴 어제 내가 좀 심하게 민폐이긴 했으니까. 오늘은 솔이의 눈치를 좀 봐 가며 행동해야겠다. 런던 구경은커녕 계속 내 뒤치다꺼리에 이제는 생전 처음 듣는, 가이드북에도 나올 것 같지 않은 영국 시골로 할머니를 만나러 가야 하니 심통 날 만도 하다. 얌전히 솔이에게 휴대폰을 돌려주고 두 손을 앞으로 공손하게 모은 자세로 다짐했다.

리틀 헤이븐. 첨에는 '리틀 헤븐'인 줄 알고 작은 천국이래, 우아 했는데 다시 보니 스펠링이 다르다. 내리고 보니 리틀이란 말에 걸맞게 역이 정말 작다. 우리 외에는 아무도 내리지 않았고 플랫폼은 텅 비어 있다. 플랫폼에 말이나 양이 다녀도 전혀 어색할 것 같지 않다. 역 건물도 따로 없고 사람 하나가 간신히 들어갈 만한 크기의 매표소만 덩그러니 있다. 엄청나게 큰 나무들과 흙길. 개미 새끼 한 마리 안 지나간다. 어디로 가야 할지 몰라 머뭇거리다 마구간의 나무 문 같은 것이 보여 밀고 밖으로 나왔다.

"한 스테이지를 클리어 하면 다음 스테이지가 더 어려워지는 건 당연하겠지?"

솔이가 혼잣말처럼 중얼거린다. 그 말 끝에 피로가 묻어 있는 것 같아 필사적으로 다음에 할 수 있는 일을 생각해 냈다.

"구글맵으로 근처에 뭐가 있나 좀 보면 어때?"

솔이가 고개를 끄덕이며 휴대폰을 꺼냈다.

"이 킬로미터 반경에 시내 같은 게 보여. 카페랑 마켓, 부동산 뭐 이런 게 있는 것 같아."

"그쪽으로 가 보자."

우리는 구글맵을 보며 걷기 시작했다. 완연한 가을날이다. 파란 하늘, 노랗게 물든 키가 큰 나무, 붉은 흙길이 끝도 없이 이어져 있다. 파랑, 녹색, 빨강. 무슨 국기 같다. 풀을 뜯는 양과 말도 보인다.

"개랑 고양이처럼 양이랑 말이 돌아다녀. 조만간 라마 같은 것도 마주치는 거 아냐?"

솔이가 어이없다는 듯 픗, 웃었다. 이때를 놓치지 않고 솔이의 손을 잡았다. 땀이 밴 부드러운 손바닥이 내 손바닥에 닿자 기분이 좋았다. 이 모든 풍경이 더 아름답게 보이기 시작했다. 마음이 달콤한 바람을 먹고 부풀어 오른다. 솔이의 기분을 풀어 주고 싶은데 방법을 모르겠다.

"우리 뽀뽀하자, 뽀뽀."

내가 얼굴을 갑자기 들이대자 솔이가 뒤로 주춤 물러섰다.

"너랑 밖에서 뽀뽀해 보고 싶었어. 딱 한 번만."

"얘가 왜 이래, 미쳤나 봐."

당황하는 솔이가 너무 귀엽다. 솔이의 어깨를 잡고 입술을 들이댔다. 도리도리를 하는 솔이의 입술에 내 입술을 갖다 댔다. 팔을 허우적대며 밀치는 솔이를 보니 뭔가 변태 아저씨가 된 기분도 들었지만 멈추지 않고 입을 맞춰 버렸다.

"아, 너 진짜 이상해."

솔이가 앞을 보고 성큼성큼 걸어간다. 미안하다고 막 쫓아가 보니 솔이의 얼굴이 새빨갛다. 로이를 만나고 와서일까, 적당함의 감각을 잃어 가고 있다. 양과 말이 그런 우리를 아까부터 관찰하고 있다. 솔이 옆에 딱 붙어서 아무 말이나 재잘대 본다.

"이런 데서 살면 좋겠다."

"편의점 하나 없는 이런 데서 살 수 있다고?"

"저녁이 있는 삶이지."

"이런 데서 살면 초저녁부터 할 거 없어서 매일 술 마시고 알코올 중독자 될 거 같아."

"남편은 평화롭게 농사짓고……."

깜짝 놀라 말을 하다 딱 멈췄다. 솔이는 그저 앞만 보고 있다.

"미안."

"왜 사과를 해?"

"그냥…… 나온 말이야. 왜 그런 말이 나왔는지 나도 모르겠어."

"사과하지 마. 더 이상해."

솔이와 나는 한참 묵묵히 걸었다. 여러 가지 생각이 머릿속을 종횡무진 한다.

나도 모르게 내 미래엔 결혼과 남편을 넣어 두었던 것 같다. 유치원 때부터 소꿉놀이를 하고 엄마 역할을 하며 아주 오랜 기간 내 머릿속에 자리한, 보통의 삶. 모든 것을 버리고 솔이와 함께할 생각까지 했는데도 무의식 속에 깊이 자리한 습관 같은 생각. 솔이에게 상처 준 게 아닐까 걱정 되었지만 지금은 무슨 말을 해야 할지 모르겠다.

대화가 사라지자 발걸음이 빨라지며 어느새 이 동네의 시내 같은 곳에 도착했다. 버스와 건물들이 보이고 상가들이 보인다. 솔이는 야무지게 입을 꼭 다물고 부동산으로 직행했다. 키가 큰 남자와 작은 남자가 세상 지루하다는 표정으로 티브이 보며 채널을 이리저리 돌리고 있었다. 곧장 안으로 들어가 한국인 가족이 사는 곳을 아냐고 묻자 어이없다는 반응을 보였다.

"리, 너 어디 살아?"

"갑자기 그건 왜 물어?"

"내가 너랑 삼 년을 같이 일했는데 주소를 모른다는 걸 보여 주려고."

"그건 내가 최근에 이사를 했으니 네가 모르는 거잖아."

"너네 동네에 코리안 패밀리 사냐?"

"글쎄다, 옆집이 일 킬로미터쯤 떨어져 있어서."

대충 이런 식으로 만담가처럼 대화를 한다. 영국에 온 지 나름 며칠 됐다고 대강의 대화를 눈치챌 수 있게 되었다. 그래서 사람들이 어학연수도 하고 그러는 것인가. 어쨌거나 두 사람은 생각보다 시니컬하게 그런 걸 알 턱이 없다는 현실을 깨우쳐 주었다. 로이가 알려 준 분위기와 전혀 달랐다.

"그럼 혹시 이 근처에 공립병원이 있나요?"

"아가씨, 그런 질문이라면 진작 알려 줬지. 옆 동네에 호셥 병원이 있어. 저기에서 버스를 타면 돼."

고맙다는 인사를 하고 나가려는데 물어볼 게 있단다.

"한국에 가면 다들 삼성 티브이를 보나?"

"……저희 집 티브이는 엘지거든요."

그게 뭐가 웃긴지 두 사람은 박장대소를 하며 웃어 댔다.

정말 웃을 일이 없는가 보다. 뭐라 딱히 할 말이 없을 때는 쌍따봉을 해 주면 된다고 했다. 우리는 쌍따봉을 해 주고 굿 럭을 외치는 아저씨 둘을 뒤로하고 정류장으로 향했다.

버스 노선은 단 한 개여서 고민 없이 버스를 탔다. 약 이십 분 뒤 도착한 호섬병원은 내 머릿속 병원의 이미지와 무척 달랐다. 한국에서 익숙한 새하얗고 거대한 네모 건물 대신 베이지색 벽돌에 빨간 창틀이 있는 이 층짜리 건물이다. 안의 불빛은 모두 노란색이어서 건물 전체가 노릇노릇하게 구워지는 것처럼 사랑스러운 느낌이 들었다.

"이 나라는 병원에 대한 정의가 우리나라와 좀 다른 거 같아."

솔이의 말에 격하게 고개를 끄덕였다. 암요 암요. 일단 솔이의 말에 당분간 무조건적인 지지를 표하기로 했다.

"근데 저기 저 사람 너네 할머니 아닐까?"

대기실 의자에 앉아 조심스레 주위를 둘러보는데 갑자기 솔이가 손으로 접수대 안쪽의 유일한 아시아인을 가리킨다. 세 명 정도 합친 듯한 거대한 체구에 새하얀 머리를 하나로 느슨하게 묶은 나이 든 여자가 이리저리 분주하게 움직이고 있었다.

이런 갑작스러움이라니. 심장이 덜컹한다. 이것은 마치 해리 포터가 물수제비를 뜨려고 주운 돌이 마법사의 돌이었다는 식의 전개 아닌가. 조금 더 지하로 내려가 목숨을 건 체스를 둬야 하는데, 판타지 영화를 너무 많이 본 걸까.

내가 무슨 말을 하기도 전에 솔이가 접수대로 성큼성큼 걸어갔다. 엉거주춤 일어나 솔이의 뒷모습을 바라본다. 우리 아빠를 찾으러 왔는데 자꾸 내가 구경꾼처럼 된다.

잠시 뒤 모든 소음이 사라진 것처럼 주위가 한없이 조용해지고 동공이 무진장 확장된 그분의 눈동자가 나를 향했다.

그분은 나를 보더니 입을 틀어막고 의자에 털썩 주저앉았다. 시간이 멈춰 버린 것처럼 느껴진다. 흡, 하고 들이마신 숨이 의미를 알 수 없는 말소리와 함께 터져 나오며 주변 소음이 다시 밀물처럼 쏟아져 들어왔다. 솔이가 내 손을 잡아당기지 않았다면 백 년이고 천 년이고 동상처럼 서 있었을 것이다. 사람들이 웅성거리며 어디선가 자꾸 모여들었고 정신 차려 보니 나는 그분의 품속에 안겨 있었다. 얼굴을 마구 부비며 축축한 게 느껴지는데 내 눈물인지 할머니의 눈물인지 알수 없었다.

#가족?

차를 타고 가며 할머니는 여기저기에 계속 전화를 걸었다.
할머니의 낡은 빨간색 피아트는 옆자리고 뒷자리고 잡동사
니로 가득 차 있어 우리는 간신히 몸을 구겨 넣었다. 운전 중
통화를 하며 자꾸 뒤를 돌아보는 할머니 때문에 아무 말도,
생각도 할 수 없었다. 목소리는 또 얼마나 우렁찬지 시끄러운
엔진 소리를 뚫고 차 안 가득 서라운드 입체 돌비 시스템으로
울린다. 어서 빨리 살아서 도착하기를 바랄 뿐이다.

할머니가 영어와 한국어로 여러 사람들과 통화한 내용은
간단하고 일방적이었다. 모두 집으로 모여라. 오늘은 어렵다
고, 혹은 갑자기 무슨 일이냐고 물어보는 사람들에게 답은 똑
같았다. 닥치고 모두 모여라.

솔이가 불안한 표정으로 내게 귓속말을 했다.

"대체 가족이 몇 명인 거야?"

하지만 나라고 알 턱이 있나. 그런데 부르는 사람들이 전부 다 가족은 아닌 것 같았다.

"언젠가 내 인생에서 이렇게 놀랄 만한 일이 일어날 줄 알았어."

할머니가 또다시 뒤를 돌아보며 말했다. 우리는 할머니가 얼른 앞을 바라보길 바라는 마음으로 고개를 열렬히 끄덕였다.

"정말 많은 일을 겪었는데 칠십 평생을 살면서 오늘이 가장 기적 같은 날이야. 사람은 오래 살고 볼 일이구나. 혈압약도 꾸준히 먹길 정말 잘했어."

"할머니, 횡단보도……."

"정말 넌 눈코입이 아빠를 쏙 빼닮았구나. 아프리카에서 마주쳤어도 나는 네가 내 손녀인 걸 한눈에 알아봤을 거야."

"전 엄마를 닮았는데요."

솔이가 내 옆구리를 쿡 찔렀다.

"집에 가면 네 아빠 어릴 때 사진을 보여 주마. 그런 말이 쏙 들어갈 거다."

"그런데 사랑이 아빠는 어디에 계세요?"

"맞다. 걔는 지금 일본에 있어. 나나콘가 아키콘가 하는 애랑 산다고 일본으로 건너간 지 두어 달 됐나? 여자가 너무 예민해 보여서 내가 처음에 썩 좋아하진 않았지만 그래도 애는 착한 것 같던데……."

"일본······이라고요?"

충격받은 우리가 눈빛을 교환하는 사이 할머니는 또다시 어딘가에 전화를 걸었다.

"쉬는 시간이우? 당장 집으로 들어오슈. 오면 기절을 할지도 모르니 심장을 꽉 부여잡고 와야 할 거야. 아니, 다른 말 말고 얼른 조퇴해요."

간신히 정신줄을 붙들고 누구냐고 물었다.

"응. 내 남친."

할머니는 다시 우리를 돌아보고 호쾌하게 웃으며 가속 페달을 풀로 밟았다. 오늘 받을 충격치를 다 쓴 거 같은데 할머니는 아직 시작도 안 한 것 같다.

잠시 뒤 나는 솔이와 소파에 앉아 반은 긴장한 상태로 반은 멍한 상태로 소개받은 사람들의 이름과 나와의 관계도를 기억하기 위해 애쓰고 있었다. 그러니까 할머니에겐 딸과 아들이 하나씩 있고 딸이 나에게는 고모. 오자마자 자리를 잡고 앉아 술잔을 잡고 놓지 않는 분이다. 그리고 고모와 함께 들어온 쌍둥이 언니 오빠는 내게 고종사촌들이다. 언니 이름은 펩시, 오빠 이름은 킨이라고 했다. 그런 이름도 있나 싶었지만 여긴 영국이니 가능할지도.

할머니의 남자 친구라는 분은 베레모에 멜빵바지를 입고 있다. 과연 영국이라 그렇구나 하기로 한다. 할머니의 남자 친구는 본인을 왓슨이라 부르라며 껄껄 웃었는데 정말 그렇게 불러도 되는 걸까. 왓슨 할아버지는 소리를 작게 틀어 둔 티브이 다트 경기를 아까부터 열심히 보고 있다. 할머니는 부엌에서 나오지를 않는다. 한국이나 영국이나 세상의 모든 할머니들은 부엌에서 나오지 않는다는 공통점이 이상하게 마음을 안정시킨다.

"그런데 이름이, 정말 펩시랑 킨이에요?"

갑작스레 솔이가, 내가 정말 물어보고 싶은 질문을 사촌들에게 던진다.

"이름 정정 신청은 하지 않았어. 근데 주변에서 다 그렇게 부르고 있으니 이름이라고 할 수 있지."

"어쩌다 그런 이름이 된 거예요?"

"우리 이름이 영국 애들이 발음하기 힘든데 나는 학교에서 맨날 펩시 콜라를 마시고, 얘는 킨 사이다를 마시니 별명으로 불리다 그냥 이름으로 하기로 했어."

"아니잖아, 엄마가 도시락 싸 주기 귀찮으니까 그냥 사이다 하나, 콜라 하나 보내 줘서 그거 마시다 이렇게 된 거지."

"그게 그 말이지."

"너희들 도시락 싸 줘도 안 먹고 도로 가져왔잖아."

"그건 엄마가 자꾸 멸치볶음, 김치 이런 거 싸 주니까 뚜껑 열기 창피해서 안 먹은 거지."

"그랬어? 그 얘기를 왜 이제야 해?"

"어휴, 백 번은 더 했거든."

"그래도 콜라랑 사이다 먹고 잘 컸으니 됐지. 건강하고."

펩시 언니와 킨 오빠는 어이없다는 눈빛을 서로 교환했지만 더 이상 아무 말도 하지 않았다.

"인스타 해?"

솔이가 고개를 끄덕이며 휴대폰을 꺼내 들었다.

"'펩시 앤 킨 컴퍼니' 검색해 봐. 우리 인스타에서 작게 뭘 좀 팔거든."

"아, 나와요. 이게 뭐예요?"

"그건 석고 방향제고 이건 소이 캔들이야. 지금 킨이 조향사 자격증 따려고 공부하는데 나중에 향수도 추가할 거야."

"이따 몇 개 줄게. 보고 마음에 드는 거 골라 봐."

솔이는 그들과 금세 친해졌다. 솔이가 내 옆을 떠나 그들이 앉은 자리로 넘어가자 막막한 기분이 들었다. 왓슨 할아버지도 낯을 가리는지 나를 바라보고 말을 걸 것처럼 헛기침을 몇 번 하다 이내 티브이로 고개를 돌렸다. 고모는 잔에 든 엷은 보리차 같은 색의 액체를 아주 조금씩 홀짝홀짝 마시며 나를 유심히 바라봤다. 눈이 마주치면 웃어 봤지만 고모가 웃지 않아 나도 그만두었다. 여기서 뭐 하고 있는 건가 싶다. 할머니는 왜 부엌에 들어가 나오지 않는 건지. 작은 거실이 꽉 찼는데 또 벨이 울린다.

"쟤네는 왜 새삼스레 벨을 누르고 그래."

벨이 울리는 소리와 거의 동시에 문이 열린다. 속으로 나도 모르게 아이쿠, 한다. 중년의 한국 남자 한 명과 백인 여자 한 명, 내 나이 또래의 백인 남자애 하나, 여자애 하나. 그런데 남자애는 아주 어려 보이는 남자아이를 안고 있고 여자애는 임신 중인지 배가 나왔다. 이건 무슨 새로운 가족 관계도인 거지? 이미 내 뇌는 처리 가능한 정보를 넘어서 과부하에 걸려 버렸다.

무기력하게 앉아 있던 왓슨 할아버지가 용수철처럼 벌떡 일어나 혀 짧은 소리를 내며 어린 아기를 받아 안았다. 오또 또또 우리 애기, 엄마가 맘마 줬어요? 아구아구 그래또요? …… 전 세계의 할아버지들이 아기를 보고 하는 행동 역시 다 비슷하구나. 이윽고 부엌에서 할머니가 나와 교통정리를 시작했다. 정신을 똑바로 차리지 않고서는 뇌에 닿지 않을, 아까의 빨간 피아트 속도 같은 소개였다.

"여기는 내 손주 사랑이. 전에 말한 적 있지. 한국에 택이 딸 있다고. 택이도 아직 한 번도 못 봤는데 우리가 먼저 보게 되네. 옆에는 친구 솔이야. 애들이 아주 야무져. 자기 아빠를 보겠다고 여기를 무작정 온 거야. 얼마 전에서야 알았대. 친아빠가 있다는 걸. 사랑이 엄마도 뭐 사정이 있으니까 그랬겠지만 아주 기가 막혀. 그래도 이렇게 와서 만나게 되니 얼마나 다행이냐. 사랑아, 여기는 저 쭈그리 할아버지 아들 부부야. 우선 여기 애들 엄마 이름은 헤더, 그 딸이 여기 지금 서 있는 레나야."

헤더라고 불린 중년 여자가 고개를 끄덕이며 나를 보고 환하게 웃었다. 그러니까 중년 부부는 왓슨 할아버지의 아들과 며느리이고 임신한 여자애는 그들의 딸, 남자애는 딸의 남자친구, 그리고 어린아이는 둘 사이에 태어난 거라고 한다. 엄청나게 동안인 것인가? 눈을 끔뻑끔뻑하고 있는데 임신한 여자애가 다가와 다짜고짜 나를 끌어안았다. 땀 냄새와 달콤한 샴푸 냄새가 훅하고 다가왔다.

"만나고 싶었어."

내가 동상처럼 굳자 남자애가 여자애의 팔을 잡아당겨 포옹을 풀었다. 영어로 뭐라고 하는데 당황스럽게 그러지 마라 뭐 그런 말 같다.

"나 네 사진도 많이 봤고 네 얘기도 많이 들었어. 택이 삼촌이 만날 때마다 네 얘기 했거든. 진짜 너무 반갑다. 난 너랑 동갑이야. 얘는 내 남친 루이스고 우리 아이 이름은 제이슨이야. 두 살. 배 속에 아기는 딸이라는데 이름을 아직 못 정했어."

레나는 영어와 한국어를 능숙하게 했다.

"레나, 컴 다운!"

레나 엄마가 레나를 뒤에서 안으며 진정시켰다. 머릿속에선 아까부터 휘슬 주전자처럼 삐— 소리만 들린다. 레나와 루이스는 펩시와 킨과 껴안고 뺨에 뽀뽀를 하며 야단스레 인사하고 할머니를 껴안고 왓슨 할아버지를 껴안고 고모를 껴안고서야 간신히 자리를 잡아 앉았다. 중간중간 제이슨이 보채는 소리, 우는 소리, 웃는 소리로 거실은 더욱 정신없었다. 이렇게 많은 사람들을 한 집에서 본 게 얼마만인지. 작은 씨족 사회를 보고 있는 기분이다. 머릿속에서 관계도를 계속 그리고는 있는데 명확히 머리에 들어오지 않는다. 일단은 그냥 적당히 친척들 정도로 정리해야겠다.

부엌 식탁이 작아 다 같이 앉지 못하고 커다란 접시에 각각 담은 야채와 저민 소고기, 매시트포테이토, 피클 등이 거실 테이블에 차려졌다. 뷔페처럼 개인 접시에 담아 손에 들고 거실에 둥그렇게 모여 앉아 식사를 했다.

"입에 맞니? 많이 먹어라."

할머니는 두 숟가락 퍼먹은 매시트포테이토를 다시 가득 채워 주며 말했다. 한국 할머니가 내게 하는 행동과 너무 똑같아 혼자 픽 웃어 버렸다.

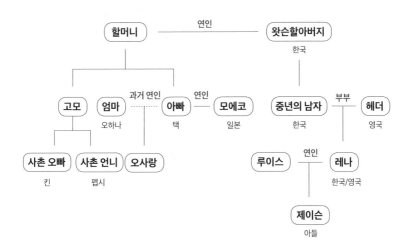

"밥 먹고 네 아빠한테 전화해 보자. 아주 기절할 거야. 사랑이 네가 여기 와 있는 걸 알면."

"걔 우는 거 아냐?"

여전히 술잔만 들고 있는 고모가 끼어들었다.

"넌 밥 안 먹니?"

"엄마, 나 저녁 안 먹은 지 십 년쯤 됐어."

"그러니까 그렇게 허깨비처럼 말랐지."

"엄마는 좀 안 먹을 필요가 있지 않아?"

"그런데 사랑아, 솔이랑은 무슨 사이야? 저스트 프렌드?"

고모와 할머니의 대화 속으로 레나가 불쑥 끼어들더니 엄청난 질문을 던졌다. 멈칫하는 순간 솔이가 고개를 천천히 흔들어 더 놀랐다.

"낫 저스트 프렌드."

솔이는 또박또박 뭔가 단호한 표정으로 우리는 그냥 친구가 아니라고 말했다. 내 입으로 향하던 매시트포테이토가 무릎으로 툭 떨어졌다. 솔이는 왜 갑자기 여기서 폭탄선언을 하는 거지? 나한테 물어보지도 않고. 할머니는 이 말뜻이 뭔지는 알까?

"어쩐지."

그리고 아무 일도 없다는 듯 다들 식사를 계속했다. 그러자 솔이가 물어보지도 않은 말을 얹었다.

"우리 결혼할 거예요. 영국에서."

테이블 아래서 솔이의 다리를 툭 쳤다. 솔이는 나를 흘긋 바라보고 입모양으로 '왜?'라고 했다. 물론 말을 안 하려고 한 건 아니지만 처음 만난 자리에서 굳이 이런 TMI를 하는 솔이가 이해되지 않는다.

"그치, 한국은 동성 간 결혼이 안 되지."

납득이 간다는 듯 고개를 끄덕이는 킨 오빠.

"영국에서도 둘 다 만 18세는 넘어야 결혼이 가능해. 시간을 두고 잘 사귀어 봐. 내 게이 친구 둘도 최근에 입양했는데 둘이 성향이 맞아선지 정말 잘 키우더라."

펩시 언니가 입양 이야기까지 하자 입이 떡 벌어졌다. 이곳은 관대함의 세계로구나. 솔이가 그토록 한국을 떠나려고 했던 이유가 단번에 이해됐다. 문화 충격이다. 아니 어쩌면 애초에 이런 문제에 관대함 운운하는 것 자체가 잘못된 걸지도 모른다. 그냥 쟤네 둘이 사랑하는 구나, 그러려니 하는 데는 관대함까지도 필요 없다.

"너희는 정말 예쁜 커플 같아."

레나가 눈웃음을 치며 말했다. 가까스로 너희들도, 하고 말해 줬다. 어린데 애가 벌써 둘인 레나와 루이스를 보고 문제가 있다고 무의식적으로 생각한 나는, 결국 우리에게 상처를 준 한국의 다른 애들과 다를 바가 없다.

저녁을 먹고 펩시와 킨은 설거지를 하러 부엌으로 들어갔다. 왓슨 할아버지는 다시 티브이를 틀고 레나 아빠와 함께

제이슨을 안은 채 다트 경기에 몰두했다. 할머니와 나, 솔이, 고모, 레나와 루이스는 경건하게 둘러앉아 일본에 있는 아빠에게 전화 통화를 시도했다. 두 번을 걸었는데 받지 않았다. 일본은 지금 오전 시간이라고 했다.

"걔가 일할 때 휴대폰을 못 볼 거야."

"무슨 일을 해요?"

"어디 마트에서 일한다고 들었는데……."

"엄마, 문자를 남겨 봐. 걔 엄마 전화 잘 안 받잖아."

할머니는 자판을 꾹꾹 눌러 문자를 보냈다.

> 엄청나게 놀랄 일이 있으니 전화하거라.

"그렇게 보내면 임팩트가 없지. 할머니는 맨날 놀랄 일이 있다고 하잖아."

레나는 휴대폰을 빼앗아 다시 문자를 보냈다.

> 사랑이가 여기에 와 있어. 긴급 긴급.

"이제 택이 삼촌 똥줄 탈 일만 남았다."

"아이고! 우리 레나는 말도 예쁘게 하네. 사랑아, 아마 금방 연락이 안 올 수도 있으니 오늘 밤은 여기서 자고 가거라. 택이 방이 비어 있어. 침대는 좁긴 하지만 둘이 잘 만할 거야."

#아빠의 방

"아빠만 한 명 늘어난 줄 알았는데 갑자기 대가족이 생겨
버렸어."

머리의 물기를 털어 내며 침대에 누워 휴대폰을 보고 있던
솔이에게 말을 걸었다. 뭐를 보고 있는지 대답이 없어 화면으
로 고개를 쑥 들이밀었다. 솔이는 말없이 휴대폰 화면을 꺼
버렸다.

"……좋겠네."

"응? 뭐가?"

"가족이 많이 생겨서."

"나쁠 건 없지."

"그리고 나와 단둘이 지낼 이유도 없지."

"갑자기 무슨 소리야?"

말투가 뾰족해진 솔이의 얼굴을 멍하니 바라봤다. 솔이는 다시 휴대폰을 켜더니 화면으로 눈길을 돌려 버렸다. 나도 화제를 돌렸다.

"뭘 보고 있어?"

"그냥……."

"페북에 뭐 새로운 건 없어?"

"친추 건 사람들이 많아. 아주 많아."

"한국 가면 길 가다 막 사람들이 우리 알아보는 거 아냐?"

"안 간다며."

"영원히 안 갈 건 아니잖아. 당장 간다는 게 아니고."

솔이가 베개에 얼굴을 파묻었다. 난감하다. 오늘 솔이의 기분은 업다운이 너무 심해 따라잡기 힘들고 이해하기도 힘들다.

"아무 데도 안 간다니까. 뭐가 그렇게 불안해? 우리 쿨한 솔이 어디 갔어?"

"넌 돌아갈 곳도 있고, 이렇게 가족도 많잖아……."

말을 다 마치지 않고 솔이는 다시 고개를 묻었다. 뭐라고 말을 이어야 할지 몰라 가만히 있었다. 솔이의 불안함을 달래 줘야 하지만 긴 대화를 시작하기에는 너무 피곤했다. 많은 일이 있었던 하루다. 할머니를 비롯해 새로운 가족들을 만났고 아빠는 일본에 살고 있다. 아직도 내 머리는 과부하 상태다. 진지한 이야기는 다음으로 미루고 싶다.

침묵이 길어지자 어색해서 아빠 책상의 서랍들을 다 열어 봤다. 급하게 치운 흔적인지 물건들이 뒤죽박죽이다.

"솔아 이거 봐."

한 뭉치의 사진들이 나와 살펴보다 솔이를 불렀다. 솔이가 침대에서 부스스 일어나 곁으로 왔다.

"이분이 너희 아빠?"

돌아서면 삼 초 뒤엔 기억나지 않을 것 같은 평범한 인상의 안경 낀 남자. 하지만 가만히 들여다보고 있자니 어딘지 모르게 초조해 보이는 눈빛이 눈에 들어온다. 키가 아주 큰 것 같고 막대기처럼 말랐다. 언제 어디서든 식은땀을 흘릴 것 같은, 바람 불면 저 하늘 멀리로 날아가 버릴 것 같은 허술한 인상이다.

"사람인데 뭐랄까, 식물 같은 인상이네."

키가 작고 통통한 편인 나와 닮은 점을 찾을 수가 없다. 그런데 이 사람이 아빠라니 이상한 기분이 든다. 분명 이 사람의 유전자를 내가 갖고 있을 텐데 외모가 아니라면 무엇을 가져왔을까. 성격? 기질? 웃음이 헤프다는 점? 딱히 개성이 없다는 평범함이란 DNA? 엄마는 당시 이 사람의 어떤 점에 끌려 사랑에 빠진 걸까. 평평하고 납작한 이 사진만 봐서는 도저히 알 길이 없다.

"입가가 비슷해. 웃음소리가 비슷할 거 같아."

"뭐야, 억지야. 나 굳이 안 닮아도 돼."

"아니야. 내가 빈말하는 거 봤어?"

우리는 한참 사진을 들여다봤다. 만난 적도 없고 이렇게 멀리 떨어져 있음에도 닮은 구석이 있다니, 핏줄이란 건 참으로 고집스럽고 집요한 거구나.

"근데 사진마다 옆에 있는 여자들이 다 달라."

솔이의 말에 다른 사진들을 살펴봤다. 정말 연인처럼 보이는 여자들인데 사진마다 곁에 선 여자들이 다르다. 키가 큰 여자, 작은 여자, 마른 여자, 통통한 여자, 머리가 긴 여자, 짧은 여자, 심지어 인종도 다양하다.

"너희 아빠 대단한 듯."

솔이 말대로 대단하다. 대단한 바람둥이다. 가슴이 풍선처럼 큰 여자에게 기대 세상에서 가장 행복한 미소를 짓고 있는 아빠 얼굴을 보니 머리가 어질해졌다. 몇 장을 더 넘기니 엄마와 찍은 사진도 있다. 내게 낯익은 엄마의 표정이 아닌, 사랑에 빠진 연인의 얼굴이다. 갑작스레 엄마의 사진을 맞닥뜨리니 심장에 작은 통증이 느껴졌다. 엄마는 지금 무슨 생각을 할까? 왠지 더 이상 사진들을 볼 기분이 들지 않아 옆으로 치워 놓았다. 서랍 안을 더 뒤져 보니 잡다한 물건이 가득 들어 있다. 영화표, 열쇠고리, 호텔명이 찍힌 볼펜, 팔찌, 기차표, 레스토랑 영수증, 전시회 브로슈어, 립스틱이 묻은 플라스틱 컵 등 다른 서랍들도 다 그런 물건들로 가득하다. 서랍 안은 지난 연애의 무덤이었다. 아니, 무덤이 아주 여러 개니까, 공동묘지.

"이분은 자기 딸이 이렇게 전 여친들 사진이랑 물건들을 다 뒤져 보고 있는지 상상이나 할까."

솔이가 킥킥거렸다. 솔이의 웃음에 안도감이 들어 일부러 오버하며 더 물건들을 뒤적였다.

"충격이야. 엄청난 금사빠인가 봐."

"금사빠도 능력이야. 상대방의 매력을 잘 발견한다는 거잖아."

"꿈보다 해몽이다."

"그래도 그 많은 연애를 하는 와중에 너한테 꾸준히 매년 신경 썼잖아. 분명 정이 많은 사람일 거야."

그 말이 뭐라고 조금 안심이 된다. 동시에 내게 본인의 유전자를 물려 준 사람이 아주 이상한 사람은 아니길 바라고 있었다는 사실을 깨달았다. 아빠도 분명히 내가 이상한 사람이 아니길 바라겠지. 하긴 그렇게 치면 나도 동성의 연인과 함께 아빠의 침대에서 자는 딸이다. 아빠는 분명 끊임없이 사랑에 빠지고 끊임없이 차였을 거다. 곧 멸종할 조류 같은 저런 인상으로 누군가를 매몰차게 찰 수 있을 것 같지 않다. 그 점만은 조금 사랑스러운 기분이 든다.

밤이 깊어 가지만 잠이 오지 않는다. 방 안은 창밖의 가로등에서 들어오는 노란 빛으로 가득 찼다. 솔이는 잠든 걸까. 벽 쪽으로 돌아 누운 솔이의 등을 가만히 바라봤다. 규칙적으로 오르락내리락하는 저 작은 움직임을 쉽사리 깰 수가 없다. 침대가 작아 조금만 움직여도 크게 출렁인다. 이렇게 딱 붙어 있는데 왜 이리 멀게 느껴지는지 모르겠다. 나를 위해 먼 곳까지 마다 않고 함께해 준 솔이인데 함께하는 시간이 길어질수록 더 대하기가 힘들다.

오늘 저녁 내내 낯선 가족들에게 둘러싸여 가면을 쓴 것처럼 사회적 미소를 짓고 앉아 있던 솔이가, 내가 한국에서 첫눈에 반한 그 존재였다는 게 믿겨지지 않는다. 우리의 관계를 당당하게 폭탄선언하고 곧 방에 돌아와서는 내가 떠날까 봐 불안해하는 솔이.

솔이가 내게 바라는 건 무엇일까. 사랑하는 상대에게 가까이 가면 갈수록 더 복잡하고 더 알 수가 없다. 마치 매직아이를 보는 듯 그 의미도 형태도 다 알 수가 없다. 쓸쓸한 기분에 살며시 팔을 뻗어 솔이를 안았다. 샴푸 냄새와 희미한 땀 냄새가 훅 다가온다. 안타깝고 애달픈 기분이 든다.

솔이의 외로움을 안다. 언제나 솔이의 외로움을 덜어 주고 싶었다. 하지만 그 외로움은 마치 데칼코마니처럼 나와 닮아 있었다. 우리 두 존재를 포갠다면 외로움이 덜어질까. 이렇게 우리가 닮았다고 말한다면 솔이는 그래, 그게 사랑이야,라고 말해 줄까.

축축해진 손바닥을 솔이의 등에 댔다. 미동이 없다. 마치 문이 사라진 벽 같다.

거리의 노란 가로등이 어느 순간 꺼지더니 푸르고 푸른 밤이 방 안에 드리워진다. 마치 내 안에 불이 꺼진 것처럼 훅 하고 어둠이 밀려온다.

솔이의 마음을 모르겠다. 어떻게 사랑을 확인시켜 주면 되는 거지. 말로 아무리 너를 떠나지 않는다고 말해 봤자 솔이는 믿지 않고, 나는 어떤 방법으로든 우리의 마음이 같다는 것을 확인하고 싶은데 받아 주지 않는다. 블랙홀처럼 모든 감정이 끝도 없이 절망적인 기분에 잠식되어 간다. 아빠는 어떻게, 이렇게 절망적인 기분이 들 수밖에 없는 사랑에, 그렇게 자주 빠졌던 걸까. 내가 아무리 사랑하고 사랑해도 상대에게 완전히 가닿지 못하리란 확신. 우린 어차피 다른 두 명의 사람일 뿐 원하면 원할수록 텅 빈 듯 허무하기만 하다.

시간을 돌릴 수 있다면 다시는 사랑 같은 것에 빠지고 싶지 않아. 솔이에게 등을 돌리고 나는 생각했다. 이렇게 불완전한 감정은 처음이라고. 사람들은 왜 이런 걸 하는지 모르겠다고.

다음 날 아침 계단을 오르는 씩씩한 발소리에 눈을 떴다. 집 전체가 흔들리는 듯한 엄청난 소음이었다. 솔이는 어젯밤 자세 그대로 벽을 본 채 아직 잠들어 있다. 잠시 뒤 숨을 고르는 소리가 문 앞에서 한참 들리더니 조심스럽게 똑똑 소리가 이어졌다. 벌떡 일어나 문을 열었다.

"아휴, 이놈의 이 층은 시간이 갈수록 점점 더 높아지는 거 같네."

"할머니 안녕히 주무셨어요?"

"아이고! 그 인사 오랜만에 듣는구나. 엄마가 아주 예의 바르게 잘 키웠구나. 그래, 사랑이도 잘 잤어?"

이어 솔이가 일어나 꾸벅 인사를 했다.

"피곤하지? 정신도 없고. 어제 네 아빠랑 새벽에 통화가 됐어. 당장 이리로 온다지 뭐니. 휴가를 못 받으면 그만두고 올 거라는구나. 어찌나 정신없던지 자다 깨서 혼났네."

할머니는 방으로 들어와 침대 위에 앉았다.

"방을 안 쓴 지 하도 오래돼서 곰팡내는 안 나나 했는데 너희가 하루 자고 나니 향긋하구나. 역시 애들이 있어야 좋아. 집 안 공기가 달라."

방을 이리저리 둘러보던 할머니가 문득 물었다.

"그런데 엄마는 아니? 너 여기 온 거? 어제 얘기 들어 보니 주소도 모르고 무작정 찾아왔다면서."

솔이와 내가 눈을 마주쳤다.

"걱정하고 있을 테니 빨리 전화해라. 어제 정신없어 내가 그 말을 못 했어. 이렇게 어린애들을 멀리 보내고 다리나 뻗고 잘 수 있으려나. 솔이 너도 집에 전화 드리고."

"아, 전 아빠한테 메일 보냈어요. 사랑이는…… 갑자기 나온 거라 엄마가 걱정 많으실 거예요."

메일을 보냈다고? 금시초문이다. 진짜인지 가짜인지 모르겠어서 솔이를 계속 쳐다보는데 내 쪽을 보지 않는다.

"사랑아, 집에 전화 드리자. 이제 정말 연락 드려야 할 것 같아."

솔이가 갑자기 휴대폰을 들어 집에 전화를 건다. 나는 너무 놀라 휴대폰을 뺏으려고 하는데 이미 통화음이 울리기 시작했다. 한 번이 채 울리기도 전에 전화를 받는 엄마.

"사랑아, 사랑이니? 여보세요?"

내가 당황해 말을 하지 못하자 할머니가 전화를 받았다.

"사랑이 엄마? 나 택이 엄마야. 사랑이가 여기 와 있어."

그 뒤 할머니는 상황을 파악하기 위해 이것저것 물어보다 마침내 나의 가출과 출생의 비밀 관계를 이해했다. 아무것도 걱정하지 말라고, 애들이 기특하게 여기까지 잘 찾아왔다고, 사랑이 아빠가 이쪽으로 오고 있다고. 할머니는 긴 시간 엄마와 이야기했다. 이야기를 마치고 엄마는 나와 통화하기를 원했다.

"사랑아."

엄마의 목소리를 들으니 둑이 터진 것처럼 눈물샘이 폭발했다.

"엄마, 미안해. 엄마 진짜 미안해……."

"사랑아, 괜찮아. 아픈 덴 없어? 엄마 아빠가 그리로 갈게. 빨리 말하지 못해서 엄마도 미안해. 가서 차근차근 얘기하자."

나는 애처럼 고개만 끄덕끄덕했다.

"솔이한테 고맙다고 전해 줘. 솔이가 너 잘 있다고 연락 안 했으면 엄마 아빠는 정말……."

엄마는 말을 잇지 못하고 한참을 흐느꼈다.

"폐 끼치지 말고 잘 지내고 있어. 비행기표 예약하고 다시 연락할게. 휴대폰도 이제 켜고. 알았지?"

다시 고개를 끄덕끄덕하며 간신히 대답했다. 전화가 끊기고 할머니에게 안겨 울었다. 내 안의 불 꺼진 창고에 가둔 모든 감정들이 한꺼번에 터져 나와 울음은 쉽사리 멈추지 않았다. 한참 있다 고개를 드니 할머니 등 뒤에 어색하게 어깨를 움츠리고 앉아 있는 솔이가, 그제야 작은 점처럼 눈에 띄었다.

#솔이의 장소

　솔이는 기차에서 내린 뒤로도 한마디도 하지 않았다. 일본에서 오는 아빠와 한국에서 오는 아빠 엄마를 기다리기 위해 할머니 집에 당분간 머물기로 했다. 할머니가 차로 도와주신다는 것을 만류하고 게스트하우스에서 짐을 가지러 센트럴로 돌아오는데 솔이는 말없이 뭔가 생각에 빠진 듯했다. 커다란 기차역에 내리자마자 솔이는 벤치에 앉더니 한참 바닥만 바라보고 있다.

　"솔아, 화났어?"

　침묵.

　"할머니 집에 같이 있자. 당분간만이야. 아빠 엄마 오면 얼굴 보고 잘 이야기하고 그 뒤에 우리 계획대로 하면 되잖아."

　침묵.

"그럼 어떻게 하면 좋겠어? 말을 해야 알지. 네 생각을 말해 봐."

풋, 하고 뭔가 숨을 크게 내쉬는 소리가 나더니 솔이가 나를 똑바로 바라봤다.

"넌 여기 혼자 오기 무서워서 나를 끌어들인 거잖아. 결혼? 웃기지도 않는 소리라는 거 너도 알지? 그냥 거기서 답이 없으니까 어디로든 도망치고 싶은데 혼자서는 두렵고, 그래서 나를 이용한 거 아니야. 잘됐네, 네 가출 소동으로 인해 가족의 소중함을 깨닫게 돼서. 아주 축하해. 돌아가서 화목하게 잘 살아. 그럼 되는 거야."

"아니야. 솔아, 그건 정말 아니야."

거르지 않고 튀어나오는 솔이의 직언에 놀라 머릿속이 새하얗게 되었다. 그때 내 마음이 어땠는지 솔이는 정말 모르는 걸까. 난 정말 모든 것을 다 버릴 각오로 솔이랑 이곳에 온 건데. 왜 모든 걸 부정하려고 하는 걸까.

"왜 너는 항상 내가 널 떠날 거라고 생각해? 왜 한 번도 나를 믿어 주지 않아?"

"왜냐하면 넌 그럴 거니까."

"준비가 안 된 건 너 아니야? 다른 사람의 마음을 받을 줄도 모르고, 떠날 거라고만 생각하는 넌 문제가 없는 것 같아?"

"이제 다 상관없어."

솔이가 벌떡 일어나 걷기 시작했다. 어디 가냐고 물어도 대답이 없다. 게스트하우스 쪽은 아니었다. 빨리 걷는 솔이를 놓치지 않기 위해 필사적으로 따라갔다. 솔이는 지하철을 타고 굳은 얼굴로 창문만 바라봤다. 말 걸기를 포기하고 솔이의 옆에 잠자코 서서 아무것도 비치지 않는 새까만 창밖을 바라봤다. 런던의 지하는 정말이지 칠흑같이 어둡구나, 하면서.

솔이는 지하철에서 내린 뒤 작고 아름다운 다리를 건너 테이트 모던 미술관으로 들어갔다. 내가 따라오는 것을 전혀 개의치 않는 듯 빠른 발걸음이었다. 일 층에서 안내 지도를 받은 후 곧바로 이 층으로 올라갔다.

평일 이른 아침의 미술관은 한산했다. 몇 개의 작은 방을 거쳐 비슷비슷한 거대한 그림이 걸려 있는 방으로 들어갔다. 솔이는 그 방의 한가운데 있는 나무 의자에 앉았다. 나도 옆에 나란히 앉았다. 온도와 습도를 조절하는 조용한 기계음 외에는 아무런 소리도 들리지 않는 작은 방이다. 그 조용함에 눌려 지나가는 사람들 모두 발꿈치를 들고 사뿐사뿐 걷는 것처럼 보였다. 숨도 가만히 내쉬게 만드는, 어딘가 경건한 분위기가 감돌았다. 머리가 좀 식는다.

솔이는 아까 말없이 까만 창밖을 바라보던 눈으로 그림을 하염없이 바라봤다. 나도 그렇게 했다. 시야에 들어온 그림들은 붉거나 검었다. 붉은 바탕에 검은색이 녹아내린 듯 얹혀 있거나 검은 바탕에 붉은색이 스며 올라온 듯 번져 있었다.

비슷해 보이는 그림들은 들여다볼수록 그 색과 농도가 달라졌고 마침내 내 마음은 검붉은색으로 가득 차올랐다. 축축하고 어두운 물 위에 누워 유영하는 기분이 든다. 미묘하게 다른 톤의 색깔들일 뿐인데 이렇게 슬픈 기분이 들 수 있다니 이상했다.

들어오는 입구의 옆에 커다랗게 'Mark Rothko'라고 적혀 있었다. 이렇게 가까이서 그림을 본 적도 없지만 그림을 보고 이런 감정을 느껴 본 적도 없다. 상황 때문인지 기분 때문인지 그림 때문인지 알 수 없지만 낯선 감정이다. 아득히 낙하하다 한없이 떠오르는 기분. 내 마음이 붉은 바탕 위 떠오른 검은색 조각이 된 것 같다. 시간이 얼마간 흘렀다. 사람들이 들어와 잠시 방을 거닐고 다른 문으로 빠져나갔다.

"중2 때, 내가 이모라고 부르던 여자와 엄마가 키스하고 있는 걸 봤어."

아무런 말을 할 수가 없었다. 가만히 숨을 죽이고 솔이의 다음 말을 기다렸다.

"바보처럼 그걸 아빠한테 의논했어. 열네 살짜리 애가 뭘 할 수 있었겠어. 당시엔 최선이라고 생각했던 행동을 한 거였어."

엄마가 불륜인 것 같다고 했을 때 솔이가 내게 했던 말이 떠올랐다. 그럴 때는 아무것도 하지 말라던.

"엄마는 가출을 했고, 며칠 뒤 다시 돌아와 모든 짐을 갖고 영원히 우리를 떠났어."

솔이가 일어나 커다랗고 푸른 그림 앞으로 가 섰다. 나도 따라가 옆에 섰다. 솔이는 그림에서 눈을 떼지 않고 말을 이었다.

"마음이란 건 영원히 감춰지지 않는다고 했어. 누를수록 떠오른다고. 외면할수록 전부가 되어 버린다고. 엄마가 나한테 보낸 메일에 쓰여 있던 내용이야. 엄마는 가출해서 이곳에 왔고 이 그림들을 보고 우리를 떠나기로 결심했대. 얼마나 거지같은 그림인지 죽을 때까지 보지 않겠다고 결심했었어."

솔이의 말이 이어졌다.

"설사 마음이란 게, 영원히 감춰지지 않는다고 해도 이쪽 인생을 내팽개친 채 다른 삶을 살겠다고 떠나 버린 건 반칙이잖아. 사람이, 엄마가, 그렇게 이기적이면 안 되는 거잖아."

아무 말도 할 수 없어 그림만 노려봤다. 솔이의 엄마가 떠난 그 모든 이유가 저 그림 때문이라니. 저 그림을 보지 않았다면 솔이 엄마는 솔이의 곁에 머물렀을까.

"그런데 와서, 그림을 보고 있자니, 어쩐지 엄마의 마음을 알 것 같아. 나라도 그렇게 했을 것 같은 생각이 들어. 그래서 화가 나. 너무 화가 나는데 이해가 돼."

솔이 엄마는 그렇게 떠난 뒤 몇 번이나 솔이에게 오라고 연락했다고 한다. 하지만 솔이는 그렇게 할 수 없었다. 시간이 갈수록 엄마를 닮아 가는 솔이를 점점 더 차갑게 대하는 아빠를 떠날 수 없었다고 한다. 나를 미워하는 아빠와 한 공간에서 매일매일 지내야 했던 솔이가 혼자 얼마나 힘들었을까. 나라면 단 하루도 견디지 못했을 텐데.

"사랑아, 나는 한국으로 돌아가지 않을 거야. 하지만 너는 돌아가."

망치로 맞은 것처럼 충격이 왔다.

"솔아, 그건 싫어. 너 없이는 나도 안 돌아갈래."

"아니야, 넌 아빠 엄마에게 돌아가야 해. 거기가 네 자리야."

"너만 두고 내가 어떻게 돌아가. 난 싫어."

솔이는 내 손을 잡고 내 눈을 보고 나지막이 말했다.

"누군가를 좋아하면 좋아할수록 그 사람이 떠날까 두려워 내가 못난 사람이 돼. 지금 내게 필요한 건 스스로 단단해지는 일 같아."

'그럼 솔이 너는 혼자가 되잖아.'

나는 그 말을 삼켰다. 솔이는 이미 내가 엄마의 전화를 받는 순간 자기를 한 번 버렸다는 걸 알고 있다.

"우리 준비가 되면 다시 만나자."

솔이의 말이 맞다. 나도 준비가 되지 않았다. 엄마 아빠를 두고 솔이와 살 수 없다. 매 순간 엄마와 아빠의 곁으로 돌아가고 싶었다. 실은 집을 떠나는 순간부터, 집으로 돌아가고 싶었다.

눈물만 났다. 나는 왜 이렇게 미성숙할까. 중요한 순간마다 할 줄 아는 건 눈물을 흘리는 일 뿐이다. 위로를 받아야 할 사람은 내가 아닌데.

"울지 마, 사랑아. 멀리 있다고 마음이 사라지는 건 아니야."

기다리겠다고 다짐했다. 기다릴게 솔아. 언제가 되었든 우리가 다시 만날 때까지 내 마음을 움켜쥐고 있을게. 강해질게. 솔이가 내 눈물을 닦아 줬다. 내 눈물을 닦는 솔이의 손을 잡고 몇 번이고 입을 맞췄다. 이렇게 애틋한 마음을, 이렇게 깊은 마음을 내가 어떻게 잃겠어. 나는 영원히 너를 좋아할 거야. 사랑할 거야. 하지만 소용돌이치는 이 말들을 입 밖으로 내지 못했다. 말하는 순간, 아무것도 아닌 것이 되어 버릴 것만 같아서. 수증기처럼 사라져 버릴 것만 같아서.

#구름은 흘러가고

아빠가 귀국하는 날에 맞춰 바비큐 파티가 열렸다. 할머니를 처음 만난 날 모였던 가족들 모두가 일찍부터 와서 음식 준비를 도왔다.

집 안의 모든 테이블과 의자들이 마당으로 나왔다. 레나의 아빠와 루이스는 손도끼를 들고 한구석에서 장작을 팼고 왓슨 할아버지는 토치를 들고 어슬렁거리다 할머니의 잔소리를 듣고는 파이프에 불을 붙인 후 괜한 연기를 뿜어 댔다. 고모는 그늘에 앉아 유리잔에 든 투명한 것을 또 홀짝홀짝 마시기 시작했다. 레나는 나를 끌고 다니며 자신의 학교생활, 루이스와 최근에 싸운 이야기, 제이슨의 이중 언어 환경 등을 종알거리며 다 세팅된 그릇들을 괜히 만지작거리다가 휴대폰의 사진을 보여 주었다. 가만히 보면 제대로 뭔가를 준비하고 있는 건 할머니뿐이었다. 그 사이로 제이슨이 스머프처럼 아장거리며 돌아다녔다.

영화에서만 보던 가든파티 풍경 속에 내가 들어와 있는 것 같았으나 실상은 명절날 친척들이 모인 풍경과 똑같다. 한국에서 영국으로 왔을 뿐. 커다란 구름이 느긋하게 지나가고 있는 오후다. 솔이와 그렇게 헤어지고 며칠간 마음에 머물던 어두운 구름이 바람에 흘러 지나가는 것처럼. 구름 사이로 보이는 하늘이 가을답게 높고 푸르다.

비일상이 일상이 되는 건 생각보다 간단한 일이다. 내가 있어야 할 자리에 있는 것. 내 편인 사람들 곁에 있는 것. 솔이와의 가출을 후회하는 건 아니다. 다만 나 역시 내 자리에서 조금 더 단단해질 시간이 필요한 것 같다.

킨과 펩시와 함께 솔이가 도착했다. 나는 말이 끊이지 않는 레나의 팔을 가볍게 잡고 미안,이라고 속삭인 뒤 솔이에게로 뛰어갔다.

"솔아, 잘 왔어, 잘 왔어."

"며칠 새에 집주인 같다?"

솔이가 나를 보고 싱긋 웃으며 말했다. 내가 첫눈에 반했던 솔이의 웃음. 그리웠던 솔이의 표정이다. 솔이는 원래 아름다웠지만 지난 며칠 사이 무언가 커다란 지각 변동이 있었던 것처럼 달라져 있었다. 솔이의 표정 아래 잠들어 있던 균열들이 가지런해지고 반듯해진 느낌이랄까. 웃는 솔이의 얼굴이 낯익으면서도 아득했다. 나도 모르게 솔이의 손을 꼭 잡았다.

솔이는 내가 할머니네 집으로 들어온 뒤 킨과 펩시의 소개로 캠든에 있는 타투숍에 인턴으로 들어갔다. 타투숍의 사장이 둘의 동창이자 절친이어서 소개가 가능했다. 일단 비자 유효 기한 동안 인턴으로 일하고 그 후 정식으로 취업 비자 발급을 받은 후 돌아와 다시 일하기로 했다고 한다. 손끝이 야무지고 일처리가 섬세한 솔이를 사장은 무척 마음에 들어 한다고. 솔이는 지금 킨과 펩시와 같이 지낸다. 솔이의 팔에 타투가 하나 늘었다.

"솔아, 이거 뭐야? 네가 한 거야?"

"응. 어때? 이제 내 몸이 연습장이 될 것 같아."

"무슨 뜻이야?"

"'아무것도 두려워할 것은 없다' 카르멘이 부르는 아리아 제목이야."

"카르멘? 그게 누군데?"

"음…… 굉장히 유명한 집시랄까."

"결말이 불길하니까 다른 거로 하라고 했는데 자기는 남자 사귈 일이 없어서 괜찮을 거라고……."

펩시가 옆에서 끼어들었다.

"불길하지 않아. 카르멘은 자유로운 영혼이야."

"너무 자유롭다가 칼빵 맞잖아."

"그게 포인트가 아니라니까."

솔이는 펩시의 어깨를 때리며 웃었다. 소외감이 들었지만 대화에 낄 수 없었다. 솔이가 저렇게 밝았던가. 무언가 무너질 것 같던 아슬아슬한 불균형감이 사라졌다. 솔이도 지금 자기 자리에 있는 거겠지.

"요것들은 모여 앉아서 입만 놀리고 있네."

할머니가 커다란 접시를 들고 나오며 외치자 솔이와 펩시가 할머니에게로 달려가 접시를 받았다. 마켓의 육류 코너를 통째로 털어 온 듯 온갖 종류의 고기가 가득 들어 있다. 왓슨 할아버지가 다시 토치를 들고 엉거주춤 일어나며 물었다.

"불을 붙일까?"

"할머니, 아직 택이 삼촌도 안 왔는데?"

레나의 참견. 하지만 할머니는 단호하게 고개를 저으며 말했다.

"언제 올 줄 알고? 먹다 보면 오겠지."

"고기는 기다려 주지 않는다. 와, 무슨 격언 같다. 솔아, 다음 타투로 어때?"

솔이는 다시 레나와 눈을 마주치며 큭큭거리며 웃었고, 이번에는 나도 조금 편안하게 같이 웃을 수 있었다. 조용히 술을 마시던 고모가 재빠르게 등장해 모두에게 와인 잔을 나눠 줬다.

"파티의 시작은 술이지."

고모는 돌아다니며 모두에게 와인을 가득가득 따라 주었지만 잠시 뒤 나와 레나, 루이스는 잔을 빼앗겼다. 임신부 및 미성년자 주류 금지란다. 하긴 나는 맥주 한 잔 마시고 뻗었는데 와인은 뭔 일이 날지 모른다. 그것보다 아빠를 처음 만나는데, 맨 정신으로 만나고 싶다.

할아버지가 토치를 이용해 숯에 불을 붙이자 세상에서 가장 잘 맞는 이 인조 콤비처럼 할머니가 석쇠 위에 고기를 척척 얹었다. 감탄하려는 찰나 고기에 순식간에 불이 붙어 화염의 돼지고기가 되어 버렸다.

"불을 붙이고 한 번 숨을 죽이고 고기를 얹어야지, 아마추어처럼."

"그건 불 담당한 사람이 말을 해 줘야지. 석쇠를 얹으면 구우라는 뜻인 거지, 그게……."

잽싸게 다가온 고모가 와인 잔을 할머니와 할아버지 손에 각각 들려 주었다. 둘은 잠자코 와인을 마셨다. 평화가 찾아왔다. 실로 고모는 와인의 여신같이 움직였다. 고모는 이런 재능이 있구나. 나는 진지하게 감탄했다. 루이스와 레나의 아빠는 돌로 낮게 우물 같은 담을 쌓고 안의 장작에 불을 붙였다. 그런 다음 호일로 닭을 감싸 쇠꼬챙이에 꽂은 뒤 통구이를 하기 시작했다. 레나 엄마가 야채와 마시멜로 등을 끼운 꼬치를 잔뜩 들고 나타났다. 바비큐 연기가 치솟고 와인에 상기된 얼굴들, 살랑이며 불어오는 바람.

땅거미가 낮게 깔리자 나는 가슴이 두근두근했다. 오늘 같은 날, 아빠를 만날 수 있어 참 다행이다.

"근데…… 처음에 임신한 거 알았을 때, 괜찮았어?"

고기를 한참 집어 먹고 배가 어느 정도 부르자 나는 내내 궁금했던 것을 조심스레 레나에게 물어봤다.

"응? 괜찮았냐고? 당연히 놀랐지. 기절초풍했지."

"학교에서…… 왕따당하지 않았어?"

"왕따? 왜?"

레나는 정말 해맑은 얼굴로 이해가 안 된다는 듯 되물었다.

"내가 뭐 잘못한 것도 아닌데?"

"응 그렇지, 네가 뭘 잘못한 게 아니지……."

"감히 누가 누구를 왕따 시켜."

레나는 루이스와 뭐라고 영어로 한참 대화한 뒤 까르르 웃었다. 루이스가 내게 하는 말을 레나가 통역해 줬다.

"'아침에 엉엉 울면서 임신 테스트기를 들고 교실로 찾아왔다. 애들이 다 테스트기를 구경하러 몰려왔고 담임 선생님이 레나와 루이스를 데리고 가서 핫초코를 타 줬다. 레나가 지금 쿨한 척을 하지만 누가 죽기라도 한 것처럼 울어 댔다.' 뭐? 쿨한 척이라고! 난 쿨하거든!"

"'그렇지만 정말 누가 죽기라도 한 게 아니고 누가 태어나는 일인데, 그것은 기쁜 일임을 우리는 곧 깨달았어.'"

"우리는 학생이기 이전에 사람이야. 임신과 출산은 인간의 소중한 권리야."

레나의 말에 나는 입을 벌린 채 고개를 끄덕였다. 레나의
당당함. 이 세상 스웩이 아니다. 학교에서 '학생의 의무'라든
가 '학생의 태도' 같은 것을 늘 들어 왔지만 교과서 밖에서
'인간의 권리'라는 단어를 들어 본 적은 거의 없다. 그래서인
지 같은 나이임에도 마치 다른 부족의 언어를 듣는 듯하다.
하지만 레나가 전하고 싶은 말에 동의하지 않을 수 없었다.

누군가를 사랑하는 것 역시 내 소중한 권리다. 감히 누가
누구를 왕따 시켜.

돌아가면 세영이에게 말해 줄 거다. 그러고도 세영이가 계
속 날 괴롭힌다면 온 힘을 다해 맞설 거고 싸울 거고 또 이길
거다. 책상에 엎드려 할 말을 삼키며 울지 않을 거다. 이제 그
럴 수 있을 것 같은 기분이 든다. 이제껏 경험해 보지 못했던
기분 좋은 고양감이었다.

"파티에는 음악이 있어야지."

킨은 무선 스피커를 가지고 나와 음악을 틀었다. 조용히
술만 마시던 고모가 흐느적흐느적 춤을 추기 시작했다.

"역시 우리 엄마는 흥이 많아. 몸에 반이 알코올이고 반은
흥이야."

이어 제이슨이 짧은 다리로 뒤뚱뒤뚱 춤을 춘다. 왓슨 할
아버지가 그 모습을 동영상으로 찍었다.

"비틀즈 좀 틀어 봐라, 비틀즈."

"아 할머니, 요새 누가 비틀즈를 들어!"

할머니는 십 파운드 지폐를 꺼내 킨에게 줬다.

"비틀즈 랜덤으로 열 곡 갑니다."

킨은 비틀즈를 틀었다. 음악을 잘 모르는 내 귀에도 익숙한 곡들이 이어졌다.

"그런데 할머니, 정말 비틀즈 때문에 영국 온 거 사실이야?"

와인에 조금 취한 할머니는 음악에 맞춰 고개를 끄덕끄덕했다.

"사랑아, 할머니 완전 신여성이다. 완전 히피였을걸."

"히피? 아이고, 뭘 알지를 못 하네. 그때 난 정말 성실한 간호사였어."

할머니가 영국으로 이주한 건 비틀즈를 좋아해서가 맞다. 불행하게도 비틀즈가 해체한 후지만. 사랑하는 대상이 사라져도 어떤 사랑은 끝나지 않는다.

#헬로, 굿바이

사람들이 점차 취해 가는 혼란의 와중에 아빠가 도착했다.

키가 큰, 기린 같은 인상의 중년 남자는 어둠 속에서 비죽 솟은 얼굴로 두리번대다가 성큼성큼 내게 걸어왔다. 그 주변으로 다른 가족들은 기린을 생포한 사냥꾼들처럼 아빠를 둘러싸고 다 함께 내게 모여들었다. 잠이 덜 깬 것처럼 멍한 표정의 나를 아빠가 덥석 안았다. 동시에 박수 소리와 함께 카메라 플래시가 연이어 터져 어안이 벙벙했다. 어릴 적 본 적 있는 〈TV는 사랑을 싣고〉 프로그램 속으로 들어간 것만 같다.

아빠는 나를 안고 그대로 한참을 있었다. 섬유 유연제 냄새와 희미한 담배 냄새가 났고 급한 들숨과 날숨으로 등과 아랫배가 빠르게 움직이는 게 느껴진다. 규칙적으로 팔딱거리던 호흡이 무너지면서 아빠의 흐느낌이 진동으로 전해졌다.

모든 감각이 필요 이상으로 생생한 동시에 비현실적으로 다가온다. 잠 깨기 직전에 꾼 꿈처럼. 누군가 건넨 휴지 뭉텅이를 받아 들고 눈물을 닦으며 아빠는 나를 바라봤다.

"이제야 만났네, ……미안하다."

간신히 입을 연 아빠는 다시 눈물을 흘리기 시작했다. 내가 눈물이 많은 게 어디서 온 건지 확실해지는 순간이었다. 주위를 둘러보니 할머니, 레나, 레나 엄마, 고모도 울고 있다. 나만 울고 있지 않으니 뭔가 잘못된 느낌이지만 나는 사실 깔깔 웃으며 모든 게 별일 아니라는 식으로 반응하고 싶었다. 사실 아빠가 나를 버린 것이 아니니 미안할 일은 전혀 없고 이제 만났으니 된 거다. 우리가 만난 건 기쁜 일이니까.

침착하게 아빠에게 물과 의자를 권하니 다들 놀라워했다. 다 같이 울고불고 하는 분위기는 쑥스럽다. 무엇보다 솔이도 지켜보고 있고.

내 쿨한 반응에 다들 조금 민망해했지만 곧 아빠와 서로 안부를 묻고 답하며 대화를 이어 갔다. 아빠와 함께 온 모에코라는 여자가 어쩔 줄 모르는 표정으로 멀찍이 서 있다가 곁으로 왔다. 겁이 많고 온순한 인상이 아빠와 닮았다. 이 여자라면 아빠가 예전처럼 쉽게 실연하지 않을 것 같다. 아빠는 할머니에게 모에코 씨를 소개했고 내게도 '아내'라고 인사시켜 줬다. '아빠의 아내.' 할리우드 라이프에나 등장할 것 같은 단어였는데 이질감이 전혀 없다. 그리고 우리는 모에코 씨가 임신 중이라는 사실을 알게 됐다.

"며칠 새 손주가 두 명이나 생기다니."

할머니는 몹시 좋아하며 잔을 들었고 쨍그랑, 와인 잔들은 경쾌하게 공기 중에서 부딪혔다.

"너한테 동생이 생기는 거야, 사랑아."

동생이란 단어에 뭔가 온몸이 간지러운 기분이 들었다. 역시나 실감나지 않는 단어다. 모에코 씨는 시종일관 몹시 수줍은 사람처럼 행동했다.

아빠에게 솔이를 소개했다. 아빠는 솔이의 손을 잡고 뭐가 고마운지 모르겠지만 고맙다는 말을 백 번쯤 했다. 솔이를 친한 친구라고 소개하며 솔이의 표정을 살폈는데 아무 반응이 없었다. 낫 저스트 프렌드,라고 말해 주길 조금쯤 기대했는지 모른다.

아빠가 모든 가족들과 인사를 마치자, 할머니와 몇몇은 음식을 가지러 주방으로 들어가고 다들 원래 있던 자리로 돌아갔다. 테이블에는 아빠와 나, 모에코 씨만 남았다. 무슨 말을 해야 할지 전혀 모르겠다. 원래 이럴 때는 어른이 대화를 주도해야 하는 거 아닌가. 하지만 아빠도 테이블 끝만 바라보고 있다. 아직도 촉촉하게 젖은 눈을 하고.

"어색하네요."

나도 모르게 말하고 곧바로 후회했다. 어색할 때 어색하다고 말하면 더 어색해지는 건데.

"어색한 건 좋은 거야."

의외의 대답이 돌아왔다.

"왜요?"

"이제 안 어색할 일만 남았으니까."

"아…… 네……."

아빠의 화법은 상당히 이상했지만, 이건 속으로만 생각하기로 했다.

"그 목걸이, 내가 준 거 알고 있니?"

아빠는 내 목에 걸린 목걸이를 가리키며 물었다. 고개를 끄덕이자 좋아하는 여자에게 고백을 받은 남자처럼 슬며시, 그러나 환하게 웃었다. 그 순간 처음 본 아빠가 조금 좋아졌다. 나는 잘 웃는 사람에게 쉽게 호감을 갖는구나.

아빠에게 한국에서 있었던 일을 이야기했다. 창고에서 아빠의 카드들을 발견한 날, 아빠를 만나기 위해 런던에 온 것을 다 털어놨다. 솔이와의 이야기는 빼고. 아빠는 심각한 표정으로 고개를 끄덕이며 내 이야기를 들었고 중간중간 와인을 마셨다. 런던에 도착해 게스트하우스 사기를 당한 이야기, 역에서의 노숙, 새로운 게스트하우스 주인의 도움, 아빠의 주소로 찾아간 일, 그 아래층 펍에서의 이야기와 경찰 출동, 로이와 만난 일, 호섬병원에서 할머니를 찾은 오후…… 이야기가 막상 시작되자 둑이 터진 듯 끊이지 않았다. 모에코 씨는 예전의 우리처럼 동시통역 앱을 열고 나의 이야기를 같이 경

청했다.

"넌 정말 내가 아는 십 대 중에 가장 용감한 아이야."

이야기가 끝나자 아빠는 이렇게 말했다.

"아니, 전 연령을 통틀어 가장 용감한 사람이야. 하나 씨를 많이 닮은 것 같아."

아빠가 엄마의 이름을 말하자 나도 모르게 움찔했다.

"하나 씨에게 고마운 마음뿐이다. 사실 처음엔 너를 낳은 사실을 말하지도 않고 혼자 모든 것을 결정한 것에 화가 많이 났지만⋯⋯ 어찌 됐든 하나 씨가 너를 잘 키웠네. 아내가 아이를 갖고 앞으로의 일들을 생각하다 보니 부모가 된다는 게 얼마나 힘든 일인지 이제 어렴풋이 알게 된 것 같아. 좋은 부모가 되는 일은 더 힘든 일이고. 나는 자식에게 사랑만 주면 되는 줄 알았는데 그게 다가 아니야. 그 많은 책임과 의무, 도리⋯⋯ 사랑하는 마음만으로 끝나는 게 아니더라. 온 인생과 맞바꿔 아이를 키우는 거더라. 하나 씨와 하나 씨의 남편이 네게 그렇게 해 준 거야. 나는 그냥 어부지리로 이렇게 어여쁘고 용감한 딸을 얻었고⋯⋯."

아빠를 처음 봤을 때도 나오지 않던 눈물이 엄마와 아빠 얘기를 하니 자동으로 주르르 흘렀다. 갑자기 우리 엄마와 아빠가 너무 보고 싶다. 지금 막 만난 아빠도 물론 '아빠'지만 한국의 아빠는 '우리 아빠'다. 논리적으로 설명할 수 없지만 그냥 그런 구분이 든다.

이제 공식적으로 아빠가 둘이다. 이 세상에서 나를 가장 사랑해 주는 가족이 하나 더 늘어난 것이다. 급식에서 나눠 준 요거트를 나만 하나 더 받은 느낌이랄까. 암튼 든든하고 좋은 존재다. 나는 그렇게 결론 내리기로 했다.

밤이 깊어지자 외출에서 돌아온 이웃들이 합류하면서 정원은 더욱 북적거린다. 정원의 반짝이는 주홍빛 전구들 아래 음악 소리와 사람들의 대화, 웃음소리가 끊이지 않는다. 아침부터 잔뜩 긴장해 온몸은 근육통에 뻐근하고 피곤하지만 정신은 대낮처럼 밝다. 조금 더 시간이 흐르자 사람들은 음악에 맞춰 춤을 추기 시작했다. 솔이를 눈으로 찾고 있는데 솔이가 때마침 내게로 왔다. 아빠와의 대화가 끝나길 멀리서 기다린 듯하다.

"춤출래?"

"나 춤 못 추는데."

"사람들을 봐, 잘 춰서 추는 거 같아?"

솔이가 손을 내밀어 내 손을 잡았다. 우리는 빙글빙글 돌며 되는 대로 춤을 췄다.

"같이 한국에 돌아가지 못해서 미안해."

"아니야, 내가…… 같이 영국에 있지 못해 미안해."

심장을 지그시 누르는 듯한 아픔. 하지만 울면 안 된다. 울면서 헤어지고 싶지 않다. 울면 정말 헤어지는 것 같을 테니까. 우린 다시 만날 거니까.

"『이상한 나라의 앨리스』에 보면, 앨리스가 갈라진 길에서 체셔 고양이를 만나서 물어봐. '어디로 가야 할까요?'"

"아, 그 책 나도 읽었는데……."

"체셔 고양이는 앨리스한테 넌 어디로 가고 싶냐고 되물어. 앨리스는 모르겠다고 대답해. 그러니까 체셔 고양이가 뭐라고 했는지 기억나?"

"전혀 기억 안 나."

"'그렇다면 어디로 가든 상관없어.'"

음악이 멈췄다. 나와 솔이도 춤을 멈췄다.

"그러니까 사랑아, 어디로 가든 상관없어. 혼란스러울 땐 그냥 꾸준히 걸어. 그럼 언젠가 어디로든 도착할 거야. 도착해서 거기가 아닌 것 같으면, 그때 다시 생각하면 돼."

모든 것이 한순간에 멀어지는 아득한 기분이 들었다. 눈물이 떨어질 것 같지만 이를 악물고 참았다. 아무런 말도 할 수가 없다. 솔이는 나를 끌어당겨 안고는 내 눈꺼풀에 짧게 입을 맞췄다. 그리고 곧 어딘가로 사라졌다. 내 귓가에 솔이의 마지막 말이, 공중에 채 사라지지 않은 뿌연 연기처럼 남아 있었다.

'잘 가, 사랑아.'

#아빠, 그리고 아빠

그 뒤 며칠은 밀물처럼 내 인생에 밀려 들어온 사람들과 바다 위를 둥둥 떠다니는 듯한 느긋한 시간들이었다. 할머니와 왓슨 할아버지, 아빠와 모에코 씨, 나는 할머니 집에 머물며 하루 다섯 끼를 먹고 늦게까지 자지 않고 영화를 보거나 수다를 떨었다. 할머니 집 근처에 사는 고모도 거의 매일 방문해 우리와 함께 있었고 레나네 가족도 시도 때도 없이 나타나 식사를 함께하곤 했다.

아빠는 하루 종일 기타를 손에서 놓지 않았다. 모든 장면에 배경 음악처럼 아빠가 기타를 채워 넣었다. 기상의 연주, 아침 식사의 연주, 오전 티타임의 연주, 정원 손질의 연주, 점심 식사의 연주, 낮잠 시간의 연주, 오후 티타임의 연주, 식사 준비의 연주, 저녁 식사의 연주…… 테마곡처럼 반복되어 연주됐다. 삼 일이 지나자 연주를 시작하기도 전에 배경 음악이 무의식적으로 먼저 떠올랐다. 음악으로 채워진 일상은 새로울 것이 없음에도 순간순간 다르게 느껴졌다. 내가 죽을 때까지 식사를 하기 전, 혹은 잠이 들기 전 들은 이 음악들을 잊지 못하리란 걸 알 수 있었다. 역시 아빠는 이상한 방식으로 내 정신세계에 침투해 들어왔다.

"그 솔이라는 친구는 네가 좋아하는 친구니?"

아빠가 산책길에 조심스레 물었다. 나는 잠시 망설이다 고개를 끄덕였다.

"그런 것 같더라. 둘이 있을 때 분위기가 특별해 보였어. 같이 돌아가지 않는 거니?"

둘이 있을 때 분위기가 특별해 보인다는 말이 좋아 아빠에게만은 모든 것을 말하기로 했다. 아빠를 찾으러 온 것도 맞지만 사실 둘이 지내기 위해 온 거라고, 우리의 관계를 손가락질하지 않을 장소로. 페북에서 있었던 일, 세영이를 비롯한 학교 친구들이 왕따 시킨 이야기도 다 털어놓았다.

아빠는 좋은 상담가였다. 아무것도 판단하지 않고 진지하게 내 이야기에 귀 기울였다. 이야기를 마치자 커다란 손으로 내 머리를 몇 번 쓰다듬어 주었다.

"마음고생이 많았겠구나."

"우리가 너무 무모하다고 생각하세요?"

"무모하긴 무모했지. 그렇지만 사람은 살면서 몇 번쯤은 무모한 일들을 해. 그게 필요할 때도 있고. 그런 순간이 하나도 없다면 인생은 너무 재미없잖아."

"재미로 한 건 아니에요."

"알지."

멈춰서 아빠가 담배에 불을 붙이는 동안 문득 서랍에서 본 사진들과 물건들이 생각났다.

"아빠의 서랍을 봤어요."

컥, 아빠가 기침을 심하게 해 댔다.

"죄송해요. 근데 만난 분들이 왜 그렇게 많아요?"

"모에코가 보기 전에 다 치워야겠구나. 그냥, 외로워서 그랬던 것 같아."

"……아마 우리도 외로워서 그랬던 것 같아요."

"얼마 전에야 깨달은 건데, 혼자여도 외롭지 않을 때가 정말 누군가를 사랑할 때인 것 같아. 그런 관점에서 보면 너랑 솔이는 잠깐 떨어져 있는 것이 좋은 결정 같아."

"아빠는 이제 외롭지 않나요?"

"누군가를 사랑하게 되면 또 외로워지지."

"아, 그게 뭐예요. 사랑은 너무 어려워요."

"여든 살이 되어도 그럴 거란다."

우리는 한참을 말없이 걸었다.

"아빠는 좋은 어른 같아요."

"너도 좋은 청소년이야."

길 한복판에서 우리는 한참 배를 잡고 웃었다. 아빠와의 대화는 다른 어른과의 대화와 다르다. 내가 던지는 공을 아주 단단히 착 잡아 주는 기분. 온전히 이해받고 존중받는 안도감이 든다.

"솔이는 킨이랑 펩시랑 함께 머문다고 했지? 나도 아는 사람들에게 따로 부탁해 놓으마."

"솔이는 괜찮을까요?"

"나도 열아홉에 독립을 했어. 뭐…… 엉망진창이었지. 그렇지만 그거대로 괜찮았어. 걱정 말아라."

우리는 길어지는 그림자를 밟으며 집으로 돌아왔다.

마침내 엄마와 아빠가 나를 데리러 왔다. 우리는 보자마자 말없이 셋이 끌어안은 채 한참 그대로 있었다. 조금 찌그러졌지만 완전한 원의 형태로. 너무나 많은 감정들이 몸 안에 넘쳐 났지만 말로 할 수 없어 그저 계속 안고만 있었다. 둘에게서 낯익은 우리 집 냄새가 났고 그 냄새가 나를 안정시켰다. 작은 동물처럼 킁킁거리며 아빠 엄마에게 코를 파묻고 한참 냄새를 맡았다.

"왜 이렇게 살이 쪘어?"

엄마의 첫마디였다. 엄마는 내게 하고 싶은 말이 아주 많은 것 같았지만 아빠가 자꾸 엄마에게 눈짓을 했다. 한국으로 돌아가 아빠가 출근하고 난 뒤에야 엄마는 하고 싶은 말을 할 수 있을 것이다. 눈이 마주칠 때마다 아빠는 예전처럼 상냥하게 웃어 줬다. 근데 뭐랄까, 눈빛이 조금 슬퍼 보인다.

"늦었지만 결혼 축하해요."

엄마는 그 와중에도 기타를 치며 배경음악 깔고 있는 아빠와 모에코 씨에게 다가가 인사했다. 엄마와 전 남자 친구가 재회하는 흔치 않은 장면을 목격하게 된 나는 긴장했지만, 셋은 그냥 그렇게 축하와 안부를 주고받으며 평범하게 대화를 나누었다. 과연 어른의 세계이다.

그날 저녁 다 같이 식사를 했지만 예전처럼 신나는 분위기는 아니었다. 전과 똑같이 고모는 위스키를 마시고, 제이슨은 아장거리며 걸어 다녔지만 곧 있을 이별에 분위기는 무거웠다. 엄마는 영어로 모에코 씨에게 몸 상태며 출산 예정일 같은 것을 이것저것 물어봤다. 엄마가 영어로 말하는 모습이 낯설었다. 사실 그것뿐만이 아니라 두 아빠가 같이 있는 모습도 낯설었고 엄마가 할머니에게 어머니라고 부르는 모습도 낯설었으며 왓슨 할아버지가 한국에서 온 아빠에게 회사 생활이나 서울의 집값 등을 물어보는 모습도 낯설었다.

이 모든 낯선 장면을 만든 게 나인 건가. 낯설지만 좋은 장면. 오래오래 기억하고 싶은 장면. 뿌듯함이 밀려온다.

아빠와 엄마는 일단 영국에 오긴 했지만 둘 다 회사에서 바쁜 시기이기 때문에 휴가를 오래 쓰지 못했다. 우리는 내일 돌아간다. 솔이는 공항에 나와 줄까.

#공항으로

모두 이른 아침을 먹고 우리를 배웅했다. 할머니와 아빠, 레나는 식탁에서부터 울기 시작했다. 특히 할머니는 우리를 위해 샌드위치를 싸 주고, 내게 용돈을 쥐어 주고, 내 머리를 빗겨 주는 내내 울었다.

"살면서 몇 번이나 이 얼굴을 더 볼 수 있으려나……."

할머니는 울다 중간중간 한숨처럼 말했다. 할머니는 불과 며칠 전 나를 만났지만 평생 함께 산 사람과 이별하는 것처럼 슬퍼했다.

"방학 때마다 놀러 올게요. 6개월만 기다리세요."

"6개월 후에 너 고3인데……."

아빠가 엄마의 입을 손으로 막았다.

"괜찮아, 내가 영국 대학에 입학하면 되잖아."

"뭐? 영국 대학? 네가?"

엄마는 음량 조절이 고장 난 것처럼 큰 목소리로 어이없다는 반응을 보였다.

"왜? 나도 영국 국적 받을 수 있댔어."

"영국 국적이 문제가 아니고…… 됐다, 말을 말자. 허파에 바람이 단단히 들었구나."

아빠가 엄마를 툭 쳤다.

"아니, 얘가 에이비씨디도 못 읽으면서 영어 논문 쓴다는 격이잖아요."

"공부야 하면 되지."

"그래, 사랑이 똑똑하니 공부하면 금방 잘할 거다. 사랑아, 꼭 영국으로 대학 와서 이 할머니랑 같이 지내자."

할머니가 내 편을 들어줬다. 의기양양해진 나는 엄마에게 메롱, 해 보였다.

"애가 집 떠나서 철 좀 든 줄 알았더니……."

"사랑이 아빠 엄마 오니까 갑자기 애 같아졌어."

레나가 덧붙였다.

다들 뭘 모르는 모양인데 내가 갑자기 애 같아진 게 아니고 원래 애 같았다.

떠나기 전 우리는 정원에서 가족사진을 찍었다. 나를 중심으로 왼쪽으로 우리 아빠와 엄마, 오른쪽으로 모에코 씨와 아빠가 서고 뒤에 할머니, 왓슨 할아버지, 레나 가족이 섰다. 삼

각대에 카메라를 올리고 리모컨을 누르는 짧은 사이 각자의 입에서 김치, 치즈, 쿠키, 스마일 등 다양한 구호가 나왔다. 참으로 이상한 가족 구성이었지만 완벽한 가족사진이었다.

나는 한 명 한 명 안고 작별 인사를 했다. 그제야 목울대에 뜨거운 것이 가득 잠기기 시작하면서 떠난다는 실감이 났다. 레나와 모에코 씨를 안으며 두 사람의 순산을 빌고, 왓슨 할아버지를 안고 담배를 줄이시라고 말하고, 고모를 안으며 술을 줄이시라고 말했다. 할머니를 안고는 아무런 말도 못 했고 아빠를 안고 언제든 곧 또 만나자고 말했다. 레나는 웃으며 런던에서 보자고 했다. 결국 울음보가 터진 나는 대답도 못 하고 고개만 끄덕끄덕했다.

공항 가는 버스에 앉아서도 계속 울먹이는 나를 아빠가 달래 줬다. 창밖으로 작아지는 가족들이 완전히 보이지 않을 때까지 손을 흔들었다. 사랑하는 사람들이 여럿 생긴 것은 기쁘지만 매번 이렇게 헤어질 때마다 마음이 아프면 어쩌나 걱정이 되었다. 이런 이별을 계속 반복하면 온몸의 수분이 다 말라 미라가 되어 버릴 것 같다. 버스가 자동차 전용 도로로 접어들자 아빠는 츄파춥스를 하나 꺼내 줬다. 어릴 때부터 내가 우울해하면 단 거를 주기 위해 늘 사탕을 가지고 다니는 우리 아빠다. 우는 나를 세상 누구보다 잘 달랬던 건 늘 엄마보다 아빠였다.

버스 안이 조용해지고 엄마는 금세 잠이 들었다. 다른 승

객들도 각자 음악을 듣거나 눈을 감고 앞으로 다가올 긴 여행에 대비하는 듯했다. 나는 솔이에게 메시지를 보냈다.

> 나 이제 공항 간다.

잠시 뒤 답이 왔다.

> 그래, 일하느라 공항에는 못 나갈 것 같아.
> 잘 돌아가. 학교에 가서도 씩씩하게
> 잘 지내고.

이제 학교로 돌아가면 솔이가 없구나. 갑작스런 깨달음에 쓸쓸한 기분이 들었지만 이제 반 아이들이 내게 뭐라고 하든 아무렇지도 않을 것 같다. 걔들이 모르는 세계를 나는 가지고 있으니까. 나는 세상에서 가장 용감한 십 대니까.

> 혼자 돌아가서 미안해.

> 그만 미안해해도 돼. 중요한 건 우리가 서로
> 좋아했던 시간이 있었고, 그 시간이 우리를
> 여기로 데려다준 거야.

솔이의 답문을 여러 번 되뇌었다. '우리가 좋아했던 시간이 우리를 여기로 데려다준 것.'

휴대폰을 가방에 넣고 말없이 아빠의 손을 잡았다. 따뜻한 체온을 느끼며 창밖을 바라봤다. 차창으로 넓은 초원이 펼쳐졌다. 하늘은 새파랗고 부드럽게 이어진 언덕은 끝이 없다. 아름다운 시골 풍경을 바라보며 내 인생은 온전히 내 것이고 무한한 가능성으로 이루어져 있음을 진심으로 깨달았다. 그리고 동시에 내 삶이 얼마나 많은 사랑으로 충만한지, 마치 보리수나무 아래의 석가처럼 명확하고 군더더기 없는 깨달음이 찾아왔다.

사방은 조용했지만 내 마음은 뜨거움으로 가득 찼다. 만난 적은 없지만 만약 존재한다면 신과, 내 부모와, 내 부모를 있게 한 그 부모의 부모와 인류 전체에게 입 맞추고 싶은 기분이랄까. 그리고 이 기분이 바로 사랑이라는 것.

이제야 진심으로 나는 깨닫는다.

#시간이 흘러도 사랑은 남는다

고3의 여름은 길고 무더웠다. 사람은 나이가 들수록 자신의 한계를 하나하나 알아 간다는 걸 요새 체감하는 중이다. 책상 앞에 앉아 있는 시간은 길었지만 내가 뭘 공부하고 있는 건지 아직도 잘 모르겠다. 그래도 대한민국의 고3으로서 뭔가 고3 흉내 같은 것을 열심히 내고 있는 중이다. 좋은 점은 아빠와 엄마가 잘해 주고 식탁의 반찬이 달라졌다는 것 정도.

영국의 대학에 그렇게 쉽게 갈 수 없다는 것은 한국에 돌아와 영어 학원에서 레벨 테스트를 한 뒤 바로 알게 되었다. "영국의 유치원도 들어갈 수 없는 수준입니다." 대형 어학원의 상담 선생님은 싱글벙글 웃으며 딱 저렇게 말했다. 기초반부터 다니게 되었으나 만약 이 속도대로라면 백 살쯤에 간신히 입학하게 될지 모른다. 아니 그러면 입학 원서를 받아 들고 기쁨과 놀라움에 고혈압으로 쓰러져 입학할 수 없으려나. 아무튼 세 달쯤 다니고 영국 유학은 포기했는데 태어나 한 일 중 가장 이성적인 판단이었다.

내 영어 실력도 포기하는 데 중요한 이유 중 하나였지만 더 큰 이유는,

내가 사랑에 빠졌기 때문이다.

가능하다면 저 문장을 궁서체로 쓰고 싶다. 그만큼 나는 진지하다.

물론 내 마음속의 영원한 연인은 솔이지만, 솔이의 방 옆에 또 다른 방이 하나 생겼다고 해야 할까. 솔이가 돌아와 선택의 상황에 놓인다면 심각하게 고민하게 될 것이다. 하지만 일단은 내가 그 애에게 끌리고 있다는 사실을 인정해야 한다.

그 애는 전혀 눈에 띄지 않는 애였는데 급식을 먹는데 우연히 나란히 앉았다가 내가 콩을 안 먹고 빼놓자 콩 안 먹어? 애 같네, 하더니 식판에 쌓아 둔 콩을 전부 가져가 먹어 버렸다.

다음 날 공교롭게 또 콩밥이었는데 이번에는 물어보지도 않고 모아 둔 콩을 또 다 집어 가서 먹어 줬다.

영국에서 돌아와 나와 솔이의 이야기가 학교뿐 아니라 지역 사회에 쫙 퍼졌고 무단결석으로 징계를 받은 뒤였다. 내가 영국으로 떠난 후 학교의 조사와 아이들의 신고로 세영이 역

시 왕따 주동자로 징계를 받고 전학을 갔다고 한다. 그래도 나는 여전히 왕따였다. 아이들은 나를 괴롭히지는 않았지만 가까이 다가오지도 않았다. 학년이 곧 바뀌고 고3이 되니 더욱 그랬다.

신경 쓰지 않으려고 했는데 외로움은 독처럼 몸에 차곡차곡 쌓여 갔다. 밤마다 솔이와 카톡으로 이야기를 나누며 내 마음은 여기에 있다고 생각하려 했지만 혼자 밥 먹고 혼자 등교하고 혼자 쉬는 시간을 보내고 하는 것들이 점점 더 힘들어지기 시작할 때였다. 솔이 때와 마찬가지로 나는 단숨에 사랑에 빠졌다. 자괴감이 살짝 들기도 했지만 불가항력이었다.

또다시 사랑에 빠진 나를 혐오하지 않게 된 건 일본에 있는 아빠의 한마디가 컸다. 누군가를 쉽게 좋아하게 되니 감정이 헤픈 애 같아 괴롭다고 하니 아빠는 이렇게 말했다.

"미워하는 것도 아니고 좋아하는 건데 뭐 어떠니."

역시 금사빠다운 대답. 똑, 하고 물이 한 방울 떨어지듯 마음속이 환해졌다. 그래, 내 사랑이 누구한테 피해 주는 것도 아니고, 좋아하는 감정에 죄책감을 느낄 필요 있나. 그런 고로 영어 학원을 깔끔하게 끊고 그 애처럼 한국 수험생으로서 최선을 다하기로 했다.

그 애 덕분에 학교생활을 견디기가 조금 수월해졌다. 내 마음을 고백하거나 그런 건 아니지만 그냥 같은 공간, 같은 시간에 있다는 것만으로도 힘이 됐다. 오늘 급식에 콩밥이 나오기를 매일 기도하는 것 정도로도 삶의 활력소가 되었다.

솔이가 떠나고 솔이 아빠는 집을 팔았다. 그리고 솔이가 지내는 런던으로 찾아갔다고 한다. 둘은 별 이야기 없이 하루를 같이 지냈고 솔이 아빠는 다른 나라로 업무를 위해 떠났다.

"아빠가 내가 일하는 타투숍 와서 인사하고 가셨어. 나를 잘 부탁한다고."

솔이 아빠는 솔이에게 긴 편지를 남겼다. 솔이가 읽어 준 그 편지의 한 줄은 지금도 기억이 난다.

'……네 엄마가 떠나고 누구보다 너를 안아 줬어야 했는데 어리석게도 그러질 못했다. 그간 미안했다…….'

솔이 아빠 역시 힘들었을 테지. 게다가 솔이는 엄마를 닮아 외모도 성향도 성격도 너무 비슷해 마주하기 더 힘들었을 것이다. 하지만 그러면 안됐던 거다. 솔이 엄마가 떠났을 때 솔이는 고작 열네 살이었다. 솔이의 아빠도 엄마도 모두 좋은 어른이 아니었다. 그래서 솔이의 아빠는 마침내 딸도 잃었다.

하지만 죽음이 아닌 이상, 우리는 잃은 것을 다시 찾을 수도 있지 않을까. 죽도록 노력해야 하겠지만 마음만 있으면. 솔이가 정말로 부모 중 어느 쪽도 필요로 하지 않기 이전에 솔이 아빠가 더 노력했으면 좋겠다. 힘내 줬으면 좋겠다.

모든 게 나쁘지 않다. 짝사랑이 진행 중이고 전 세계에 나를 사랑하는 가족들과 친구가 흩어져 있다. 솔이와 함께 지구 반대편에서 살 뻔도 했지만.

가끔 꿈을 꾼다. 꿈에서 나는 솔이와 한적한 바닷가 카페에서 아르바이트를 하며 살고 있다. 솔이는 예전 실연한 남자에게 해 줬던 것처럼 내 등에 문신을 새겨 준다.

'TEMPUS FUGIT, AMOR MANET. 시간이 흘러도 사랑은 남는다.'

꿈속의 우리는 자주 입 맞추고 나는 솔이의 흔들리는 속눈썹을 오래도록 가만히 바라본다. 가 보지 못한 그 삶 역시 나쁘진 않아 보였다.

오늘 오랜만에 솔이의 페북에 들어가 봤다. 모든 것이 다 지워져 있었고 노래 한 곡만 올라와 있다. 노래의 제목은 내 이름과 같았다. 그 노래를 들으며 나는 웃고 또 울었다.

이 모든 계절이 지나고 나면, 내가 받은 사랑과 기쁨을 모두 모두 몸에 축적해 두었다가 다가올 인생의 슬픔과 괴로움을 견딜 수 있는, 좋은 어른이 되어야겠다.

그러니까, 마치 지방처럼 말이지?
지구 반대편에서 솔이가 물었다.
그렇지, 마치 지방처럼.

나는 열아홉 살, 이름은 오사랑.
대한민국의 평범한 고등학생이다.

〈오, 사랑〉

고요하게 어둠이 찾아오는
이 가을 끝에 봄의 첫날을 꿈꾸네
만 리 너머 멀리 있는 그대가
볼 수 없어도 나는 꽃밭을 일구네

가을은 저물고 겨울은 찾아들지만
나는 봄볕을 잊지 않으니
눈발은 몰아치고 세상을 삼킬 듯
이 미약한 햇빛조차 날 버려도
저 멀리 봄이 사는 곳 오, 사랑

눈을 감고 그대를 생각하면
날개가 없어도 나는 하늘을 날으네
눈을 감고 그대를 생각하면
돛대가 없어도 나는 바다를 가르네

꽃잎은 말라 가고 힘찬 나무들조차
하얗게 앙상하게 변해도
들어 줘 이렇게 끈질기게 선명하게
그대 부르는 이 목소리 따라
어디선가 숨 쉬고 있을 나를 찾아
네가 틔운 싹을 보렴 오, 사랑

네가 틔운 싹을 보렴 오, 사랑

루시드폴, 〈오, 사랑〉 가사 전문

문득, 사랑에 관한 이야기를 써야겠다고 생각했다.

눈빛 하나에, 몸짓 하나에 금방 반해 버리던 십 대 시절. 마음대로 되는 게 거의 없었던 그때 내 마음을 오롯이 쏟아부을 수 있는 게 그것이었으니까. 목소리가 멋지던 국어 선생님, 버스에서 마주치던 옆 학교 남학생, 엘리베이터를 잡아 주던 아랫집 대학생, 티브이에서 땀 흘리며 춤추던 아이돌, 인터넷 소설의 남자 주인공……. 2D와 3D를 넘나들며 쉴 틈 없이 사랑에 빠졌다. 대부분 혼자 시작해 혼자 끝내고 마는 사랑이었지만 그렇게 무언가를 사랑하지 않고는 견딜 수 없는 시간이었다. 새벽에 집을 나가 한밤중에 돌아오며 내가 어디서 무엇을 하고 있는지 도무지 알 수가 없었던, 잘못된 지도를 손에 쥔 채 길을 잃었던 그런 시간.

그때의 마음에 대해 쓰고 싶었다. 그리고 나와 닮은, 지금도 어딘가에 아주 많이 존재하고 있을 우리 십 대 금사빠 친구들을 위로하는 이야기를.

처음부터 솔이가 여자애였던 건 아니다. 어느 날, 토스트를 사러 갔다. 머리가 짧은 여자애가 철판에 버터를 바르다 말고 잠시만 기다려 달라며 나를 향해 씨익 웃었고 그만 심장이 쿵해 버렸다. (그렇다, 나는 아직도 금사빠다.) 누구라도 매혹당할 것 같던 그 미소가 솔이의 캐릭터와 성별을 정해 버렸다.

『오, 사랑』을 쓰며 성소수자를 바라보는 세상의 시선과 평판이 과거에 비해 전혀 나아지지 못했다는 사실을 알게 되었다. 인터넷 성소수자 관련 기사에 달리는 혐오의 악플들. 사람이 사람을 사랑하는 데 저리도 깊은 증오감을 표출하는 것이 과연 그들이 말하는 윤리인 것일까. 아이들이 사랑의 말을 배우기도 전에 혐오를 표현하는 것이 안타깝고 가슴이 아프다. 부디 이 책을 읽는 독자들은, 차별의 언어를 따라 하기 전에 생각할 기회를 갖게 되면 좋겠다.

오스카 와일드는 이런 말을 했다.

'이기적인 것은 내 마음대로 삶을 사는 게 아니다.

이기적인 것은 다른 사람이, 내가 원하는 대로 살기를 바라는 것이다.'

(Selfishness is not living your life as you wish to live it.

Selfishness is wanting others to live their lives as you wish them to.)

타인에게 상처 입히거나 피해를 주지 않는 범위 내에서라면 우리 모두 자신이 원하는 삶을 살 권리가 있다. 누구를 사랑하든, 어떤 가족의 형태든. 이해와 상상력 밖의 범주라고 한다면 이해와 상상력의 폭을 넓히면 된다. 남과 다름으로 인해 고통받고 상처받는 아이들에게 사랑과 지지를 보낸다. 무너지지 말고 단단해지라고, 어깨 펴고 너의 삶을 살아가라고. 마음을 다해 전하고 싶다.

부족함이 많은 원고를 세상 밖으로 꺼내 주신 사계절문학상 심사위원님들, 나보다 더 세심하고 꼼꼼하게 원고를 봐주신 김아름 편집자님과 김태희 팀장님을 비롯해 사계절출판사 분들께 감사드린다. 늘 나의 첫 번째 독자가 되어 주는 친구들과 동생 나리, 김혜정 선생님, 세상에서 가장 특별한 어른들인 나의 부모님, 내 모든 이야기의 시작과 끝인 사랑하는 딸 해서에게도 사랑과 감사의 마음을 전한다.

끝으로, 나를 꿈꿀 수 있는 사람으로 살아가게 해 주는 존경하는 나의 남편에게 깊은 감사를 보낸다. 당신이 아니었다면 내 삶이 이렇게 반짝거릴 수 없었을 거라고. 나를 발견해 주어 고맙다고.

조우리

작품 해설

독립된 자기만의 정원을
가꾸는 사람들에게

김지은 평론가, 서울예대 교수

　사랑하는 사람들이 있는 정경은 아름답다. 사랑하는 사람들은 서로 아끼고 돌보고 소중히 여긴다. 사랑하는 상대에게 아픔이 있으면 행여나 더 다칠세라 조심스럽게 위로하지만 기쁜 일이 생기면 몇 배는 뜨거운 축하를 건넨다. 본래 좋은 사랑의 장면들은 내재적 힘이 강하다. 동서고금을 막론하고 여러 사랑 이야기가 그치지 않고 전해 내려오는 것은 사랑 이야기를 대신할 정도로 우리를 일으켜 주는 서사 유형이 드물기 때문일 것이다. 세상에 많고 많은 고귀한 가치가 있지만 "그중에 제일은 사랑"이라는 것에 작은 망설임도 없이 동의한다.

　『오, 사랑』은 열여덟 살 주인공 오사랑의 이야기다. 그가 한 살 많은 학교 친구 이솔을 만나 첫사랑을 하게 되고 둘만의 세계를 도모하다가 가족의 탄생에 얽힌 비밀과 연거푸 마주치게 되면서 비밀의 실체를 찾아 먼 곳으로 떠나면서 벌어지는 일을 다룬다. 오사랑은 첫사랑을 통해 상자 안에 잠들어 있는 것이나 다름없었던 자기 존재의 무한한 가능성을 깨닫는다. 그리고 지난 시간 동안 자신의 성장을 지켜보고 있었던 조용하고 충만한 사랑이 있었음을 뒤늦게 발견하고 그 힘을 온전히 받아들이며 뜨거운 마음을 가진 사람으로 훌쩍 자라나게 된다.

유라시아 대륙의 끝을 오가는 오사랑의 여정에 동행하면서 느끼는 독자의 만족감은 두 가지이다. 첫째는 조건 없는 격려와 위로. 적은 도처에 있고 사랑은 드물고도 드문 이 시대에 호의와 열정만으로 선뜻 움직이는 놀라운 사람들이 있다는 것은 믿기지 않는 일이다. 독자는 사랑이와 솔이가 기착지를 옮길 때마다 그들의 등 뒤를 따르다가 계획에 없이 선량한 인물들을 만나고 그 밝은 얼굴들에 안심한다. "맞아, 세계에는 이런 다정한 사람들이 있었지."라고 고개를 끄덕이고 사랑이, 솔이와 더불어 그들의 손을 잡는 경험을 한다. "저도 오사랑의 친구예요."라고 곁에 서서 웃으며 환대를 나누어 받는 느낌이랄까. 소설의 화사한 힘이란 이런 것이다. 이 작품 안에는 따뜻함으로 무장한 이들이 끊임없이 나온다. 호들갑스럽게 여겨질 정도로 솔직하고 순한 그들에게 둘러싸여 며칠쯤 떠들며 푹 쉬는 것 같은 한 권의 독서를 마치고 나면 오사랑의 말처럼 "보리수나무 아래의 석가처럼 명확하고 군더더기 없는 깨달음"(214쪽)이 찾아온다. 그 깨달음이란 내 삶을 더 사랑해야겠다는 간결한 다짐이다.

두 번째 만족감은 가족에 대한 이해와 시야가 탁 트이는 경험과 관련이 있다. '가족'이라고 하면 떠오르는 청소년기의 양가감정은 대부분 그 개념 주변에 자리 잡은 해묵은 편견과 구속의 관습에서 오는 것이다. 수많은 청소년들이 "너희 가족은 어떤 모습이냐?"라고 캐묻는 정형화된 판정의 태도 앞에서 상처받는다. "너는 가족 안에서 어떤 사람이냐?"라며 책무를 열람하는 질문 속에서 상대가 원하는 답을 찾지 못하고 방황한다. 그런데 『오, 사랑』은 그런 판정과 열람의 시선에서 자유로운 곳으로 독자를 안내한다. 그동안 우리 청소년소설은 가족의 문제를 다룰 때 갈등을 사실적으로 재현하고 변증적으로 화해시키는 일련의 구조에 몰입했던 경향이 있다. 사회로부터 받은 가혹한 차별은 종종 가족 간의 사랑과 믿음을 재확인하면서 인정할 수 없는 비현실적 해피엔딩으로 극복되기도 했다. 그에 비해 사회가 차별을 분명히 반성하는 장면은 찾기 어려웠고 차별 없는 사회가 기본값임을 천명하는 이야기는 많지 않았다. 한 사람의 청소년이 가족으로부터 건강하게 분리되면서 자신만의 독립된 영역을 구축해 내는 이야기보다는 안전한 귀환을 종용하는 이야기가 더 흔했다.

이는 아직도 청소년을 혼자 떠나보내기에는 걱정스러운 미성숙한 존재로 바라보는 우리 사회의 시선과 관련이 있을 것이다. 장기간의 교육과 학력 인플레, 높은 주거비용과 생활비 등으로 젊은이의 자립이 유예되면서 청소년기는 유년기처럼 여겨지고 원가족으로부터 성장한 개인이 분리되는 것은 아득한 일로 남는다. 양육자는 수능을 앞둔 '남아'를 키우고 있다고 '육아 게시판'에 적고, 삼십 대에 진입하는 취업한 자녀를 두고도 '우리 아이에 대한 고민'이라고 말한다. 그런데 『오, 사랑』은 그 산뜻한 분리를 결행해 낸다. 과거의 서랍 안에서 감추어졌던 비밀의 단서를 찾아낸 오사랑은 뒤돌아보지 않고 이솔에게 그 비밀의 기지인 런던으로 갈 것을 제안하고 이솔은 흔쾌히 제안을 받아들인다. 수십 시간에 걸쳐 두바이를 경유하는 비행기표를 끊고 까다로운 공항 검색을 통과한다. 두 사람의 모습이 가벼운 가출로 여겨지지 않는 것은 이들이 그냥 한번 떠나 본 것이 아니며 한국에서는 불가능한 결혼을 꿈꾸고 있다는 사실에서 비롯된다. 다른 가족을 만들겠다는 결심은 원가족과 완전한 분리를 이루겠다는 뜻이고 어리둥절한 일탈과는 애당초 다른 수위의 선택이다. 독립을 통해서 성장을 완수하는 근대적 개인을 수용하지 못한다면 이 작품의 드라마틱한 전개를 따라갈 수 없다. 오사랑과 이솔의 모험 안에서 가족은 밑바닥부터 재조명되고 진화한 모습으로 나타난다. 이것이 가족인가 싶으면 그건 가족이 아니었고 더 크고 넉넉한 가족의 모습이 "내가 가족이다."라고 말하며 독자를 기다린다. 자유로우면서도 웅장하며 풍요로운 가족의 품이 우리를 반긴다. 오사랑은 그렇게 진화한 가족의 상을 마주한 마음을 이렇게 표현한다.

사방은 조용했지만 내 마음은 뜨거움으로 가득 찼다. 만난 적은 없지만 만약 존재한다면 신과, 내 부모와, 내 부모를 있게 한 그 부모의 부모와 인류 전체에게 입 맞추고 싶은 기분이랄까. 그리고 이 기분이 바로 사랑이라는 것. (214쪽)

이 작품을 통해서 독자는 가족이란 무엇인가에 대한 우리의 통념을 첫 단추부터 다시 맞추는 신선한 경험을 하게 된다. 수많은 형태의 가족이 평온한 나날을 보낼 수 없도록 위협하는, 실재하는 폭력성을 마주하고 그 폭력성을 외면해 왔던 자신을 정직하게 들여다보는 순간도 만난다. 그러나 그 절차는 강압적이거나 선언적이지 않고 경쾌한 설득력을 지니고 있다. 조우리 작가는 오사랑과 이솔, 이 씩씩한 두 주인공이 내 친구라면, 그들의 엄마와 아빠가 내 친구라면, 그들의 애인이 내 친구라면, 아니 그들이 곧 나라면 어떻게 할 것인가를 어떤 선입견도 없이 최초부터 다시 생각해 보게 만든다.

만약 어떤 조건을 갖춘 사람들에게만 제한적으로 사랑이 허용되고 다른 사랑은 금지되는 사회가 있다면 어떨까. 이 좋은 사랑이 누구에게는 절대로 불가능하다고 사회가 엄격하게 정해 두었다면, 그 범주 안에 포함되지 않는 사람들은 사랑을 포기해야 하고, 사랑의 자격을 수시로 검열당해야 하고, 요건과 어긋나는 사랑을 한 사람은 처벌받는 사회라면, 그 사회에서 사랑은 아름다운 것이라고 칭송할 수 있을까. 혈액형 A형과 O형은 절대로 서로 사랑해서는 안 된다는 규범이 있다고 상상해 보기로 한다. 그 때문에 사랑하는 이와 어서 헤어져야 한다는 사회적 강요를 받는다면, 아마 우리 주변에도 적지 않게 있을 A형과 O형 커플은 어찌해야 할까. 안타깝지만 사랑을 포기해야 할까. 연봉이 얼마 이상인 사람과 얼마 이하인 사람은 사랑해서는 안 된다거나, 고교 졸업 성적이 몇 퍼센트 이내인 사람과 몇 퍼센트 이하인 사람은 커플이 될 수 없다거나, 이런 조항이 있다면 그건 또 어떨까. 물론 이는 우리 헌법이 보장하는 자유를 침해하는 일이기 때문에 당장 저항에 부딪힐 것이다. 그러나 최상희의 단편 소설 「노 프라블럼」은 여전히 카스트 제도를 뛰어넘는 사랑이 금지된 인도에서 계급이 다른 사람과 사랑을 나누었다가 비극에 이른 청소년들의 이야기를 다룬 바 있다. SF 같은 상상은 어딘가에서 아직도 차디찬 현실로 남아 있다.

이와 크게 다르지 않은 높은 벽이 우리 곁에도 있었다. 불과 십 몇 년 전까지도 동성동본 금혼제도가 있었고 서로 같은 성과 본이면 사랑을 포기해야 해서 수많은 커플들이 눈물을 흘렸던 것이다. 사랑하는 사람들을 갈라놓는, 현실과 유리된 민법을 개정해야 한다는 시민들의 요구가 이어졌고, 1997년 7월 헌법재판소의 헌법 불합치 결정이 내려지면서 동성동본 금혼제도는 효력이 중지되었다. 드디어 2005년 3월 31일에는 남녀평등과 혼인의 자유를 침해할 우려가 받아들여져 민법 제809조가 개정되었다. 같은 성과 같은 본을 가진 수많은 커플들에게 축제와 같왔던 이날의 행복한 분위기를 생생히 기억한다.

그런 점에서 『오, 사랑』은 불운한 인류를 구하는 불빛처럼 세상 곳곳에서 깜박이며 쉼 없이 움직이는 사랑의 표정들, 사랑하는 이들의 하루하루에 대한 아낌없는 헌사다. 이 소설을 읽으면서 우리는 어느 사랑도 아름답지 않은 것이 없다는 평범한 결론에 이르게 된다. 그동안 떠올려 온 사랑의 면면과 가족의 형태에 대한 생각이 얼마나 협소한 범위를 오가고 있었는지도 부끄럽게 깨닫는다. 작품 전체가 밝고 풍성한 사랑의 종합선물세트다. 우리들의 할머니 세대부터 사랑받아 온 장수상품 중에 '사랑의 선물'이라는 사탕이 있다. 둥근 원통에 구슬 같은 캔디가 담겨 있었는데 그 색과 맛이 다 달라서 새콤한 초록도 있고 나른한 노랑도, 담담한 흰색도 있었다. 어느 하나도 집을 때 망설이게 하는 맛이 없었고 이름처럼 달콤한 사랑의 선물이었다.

『오, 사랑』을 읽으면서 우리는 그런 기분을 경험한다. 가족관계부에 등록된 오사랑의 아빠 오석원 씨는 이런 아버지가 있었으면 하는 부러움을 갖게 만드는 안정적인 부성애의 소유자다. 그런가 하면 십수 년간 크리스마스 선물을 챙겼던, 지금은 일본에서 모에코 씨와 살고 있는 기린 같은 또 하나의 택이 씨는 '아버지'라는 이름으로 발휘되는 가부장적 힘을 1그램도 지니고 있지 않은 것 같은 유연한 영혼의 소유자다. 사랑이를 사랑이의 입장에서 이해해 주는 관대함을 지녔다. 책을 읽는 내내 "어쩌면 이렇게 다들 아낌없이 서로 사랑하고 있지?" 하고 물으면서 주인공과 나란히 웃음을 머금게 된다. 사람이 다양한 만큼 사랑도 다양하다는 걸 고개 끄덕이며 이해하게 된다. 미움과 분노의 에너지가 세계를 압도하는 것 같은 요즘 좀처럼 만나기 힘든 솜사탕 같은 포근함이 작품 안에 꽉 채워져 있다. 로맨틱한 척하는 것이 아니라 로맨스의 정수를 짚는다. 사랑은 존재를 향한 편견 없는 믿음에서 출발한다는 것을, 단 한 번도 움츠리지 않고 똑똑히 말한다.

처음 이 책을 읽을 때 2004년 CBS에서 방영했던 '가족의 발견'이라는 해외특집 다큐멘터리를 떠올렸다. 꽤 오래되었지만 그 작품에서 인상적이었던 장면을 기억하고 있다. 스웨덴식 대가족을 설명하는 부분이었다. 당시로서는 생소했던 이 개념을 설명하기 위해서 자녀 둘을 낳고서 부부가 각각 한 아이를 맡아 키우기로 하고 이혼한 가족이 나왔다. 그날은 엄마의 생일이었는데 엄마의 재혼한 남편과 그들이 키우는 자녀는 물론 이혼한 남편과, 그 남편의 새로운 아내와, 그 아내가 데려온 아이들까지 모두 한 집에서 파티를 열고 있었다. 아이들은 함께 어울려 놀았고 남편들은 과거의 아내와 현재의 아내인 생일 임자의 앞날을 축복했으며 그들 모두는 새로 결합한 가정에서 자라고 있는 아이들의 양육 고민과 최근의 기쁜 소식을 나누면서 훈훈한 대화를 이어 갔다. 그 다큐멘터리는 험한 세상에서 서로 이해하고 친밀하게 지내는 사람이 많다는 것은 힘이 되는 일이며 그것이 꼭 가부장적 혈연 구조로 이어진 가족이어야 할 이유는 없다는 말로 '스웨덴식 대가족'의 장점을 설명하고 있었다. 아빠가 한 명 더 늘어난 줄 알았는데 갑자기 대가족이 생겨서 어리둥절한 오사랑에게도 이런 장점 많은 앞날이 기다릴 것임을 믿는다.

물론 오사랑과 이슬, 그리고 다채로운 지점에 서 있는 오사랑의 가족들에게도 힘겨운 순간이 없을 리 없다. 통념의 벽은 예상보다 단단하며 매끄러워서 담장을 넘기가 쉽지 않다. 이슬은 몽글몽글한 감정으로 들뜬 사랑이에게 "사람들한텐 매해 겨울이 늘 새롭게 추운 거야."(53쪽)라는 말로 차별의 벽이 얼마나 견고한가를 넌지시 알린다. 사랑이가 같은 학급 안에서 소수자에 대한 혐오와 부딪혔던 순간도 마찬가지다. 오사랑은 "태어나 처음 맞닥뜨리는 압도적인 미움과 그 미움의 끝에 내가 있다는 사실이 충격이었다."(88쪽)고 고백한다. 비밀로 감추어져 있던 아버지의 존재를 알게 될 때도 부드럽게 그 감정에 착륙한 것은 아니었다. "내가 내게서 아주 멀리 떨어져 있는 기분이다."(99쪽)라는 말은 사랑이가 느꼈을 혼란의 깊이를 가늠케 한다.

그러나 이 작품은 "복잡하게 생각하지 마. 네가 원하면."이라는 말로 그 갈라진 틈을 건널 수 있으리라는 용기를 안겨 준다. "우리 나이 때 무모하고 용감해야지 언제 또 그러겠어."(29쪽)라는 말은 청소년소설만이 지닌 호연지기의 건강한 상승 작용을 보여 준다. 용감해서 사랑했고 용감해서 박수쳤고 용감해서 지구 반대편까지 건너가고 용감해서 사랑을 두고 되돌아올 수 있었던 두 인물을 끝까지 포기하지 않고 지켜보게 만든다. "불길한 악령"처럼 봉인해 두었던 설부르고 어두운 감정들은 그 거침없는 용기 앞에서 무력해진다.

사랑이가 되고 싶은 어른의 모습은 "자기의 정원이 있는 어른"이 되는 것이다. 영국의 아빠와 밴드를 함께했던 로이를 만나고서 오사랑은 이런 소감을 적는다.

나는 나를 텅 비우며 지켰는데 이 사람은 다 가진 채로 지켰구나. 어른이라 그런 걸까. 아니다, 모든 어른이 다 그렇지 않다는 건 알고 있다. 어떻게 하면 저렇게, 자기의 정원이 있는 어른이 되는 거지? (152쪽)

『오, 사랑』이 말하는 가족의 미래는 이런 것이다. 자기의 작은 정원이 있는 사람들이 함께 웃고 토닥이고 오가면서 이루는 큰 숲과 같은 것이다. 다양한 이주 배경을 지닌 사람들이 사는 영국이라지만 엄마가 싸 주는 한식 도시락 반찬이 싫어서 펩시 콜라와 킨 사이다만을 도시락 대신 들고 다녔던 사랑이의 사촌들에게도 자기의 정원이 있을 것이다. 가난한 고국을 떠나 돈을 벌기 위해 간호사가 되어 독일 땅을 밟았고 비틀즈를 찾아서 아이들을 데리고 다시 런던으로 온 사랑이의 할머니에게도 독립된 정원이 있을 것이다. 한시적 비자로 낯선 나라의 타투 가게에 임시직 일자리를 얻었지만 이미 점장의 사랑을 듬뿍 받는 미래의 타투이스트 이솔에게도, 그 이솔을 떠나온 뒤 다시 다른 사랑을 만나도 될까 흔들리는 오사랑에게도 자기만의 정원이 필요하고, 그런 정원이 마련될 수 있을 것을 기대한다.

이 작품은 그렇게 사랑을 말한다. 그리고 사랑에 답한다. 오사랑이 영국을 떠나기 전에 할머니의 정원에서 모두 모여 가족 사진을 찍는 장면은 그 대답 중의 하나가 될 것이다. "이상한 가족 구성이었지만 완벽한 가족 사진이었다."는 오사랑의 촬영 소감은 이들의 앞날이 새로운 가족이라는 든든한 토대와 함께할 것이라는 기대를 갖게 한다. 마지막에 인용된 루시드폴의 노랫말은 이 작품에 등장하는 사랑의 결을 일일이 간명하게 요약하지는 못하지만 그 사랑의 여운을 잘 보여 주는 역할을 한다. "내가 틔운 싹을 보렴. 오, 사랑." 이 구절처럼 우리는 이 소설의 다음을 더 사랑한다. 아니, 다음을 더 사랑하게 될 것이다.

타투 과정에 대한 자문은
타투이스트 솔라tatooist_solar님께 받았습니다.

오, 사랑

2020년 8월 27일 1판 1쇄
2022년 10월 31일 1판 5쇄

지은이 조우리

편집 김태희 장슬기 김아름 이효진 디자인 홍경민
제작 박흥기 마케팅 이병규 양현범 이장열 홍보 조민희 강효원

인쇄 천일문화사 제책 J&D바인텍

펴낸이 강맑실
펴낸곳 (주)사계절출판사 등록 제406-2003-034호
주소 (우)10881 경기도 파주시 회동길 252
전화 031)955-8588, 8558 전송 마케팅부 031)955-8595 편집부 031)955-8596
홈페이지 www.sakyejul.net 전자우편 literature@sakyejul.com
블로그 blog.naver.com/skjmail 페이스북 facebook.com/sakyejul
인스타그램 instagram.com/sakyejul

ISBN 979-11-6094-678-9 44810
ISBN 978-89-5828-473-4 (세트)

★ KOMCA 승인필